COLLECTION FOLIO

Jean Dutourd
de l'Académie française

Le demi-solde

Gallimard

Jean Dutourd est né à Paris. Mobilisé en 1940, il est fait prisonnier, s'évade six semaines plus tard et entre dans la Résistance. Arrêté par la Gestapo, il s'évade une seconde fois et participe à la libération de Paris.

En 1946, il publie son premier livre *Le complexe de César*, qui lui vaut le prix Stendhal et des débuts heureux dans les lettres. Après quoi il mène la vie traditionnelle de l'écrivain, avec des hauts et des bas, c'est-à-dire des livres qui ont du succès et des livres qui n'en ont pas. Avec *Au Bon Beurre*, scènes de la vie sous l'Occupation, il obtient le prix Interallié en 1952. Le Grand Prix de Monaco lui est décerné en 1961 pour l'ensemble de son œuvre. Ses ouvrages les plus connus sont : *Les taxis de la Marne, L'âme sensible, Les horreurs de l'amour, Mémoires de Mary Watson, Henri ou l'Education nationale.*

Jean Dutourd est membre de l'Académie française.

A Frédéric et Clara.

Je n'ai pris aucune note pendant le mois d'août 1944, pour trois raisons. D'abord parce que je ne consigne jamais d'événements dans mes calepins ; je n'y inscris que des sentiments ou des idées, pensant que les événements ne sont pas importants, qu'on peut les recomposer ou les réinventer. En second lieu, je n'ai pas une seule fois songé, en assistant à la libération de Paris et en y prenant part, que ce fût là une date exceptionnelle. On a de la peine à imaginer qu'on puisse être mêlé à l'Histoire. L'Histoire, c'est une chose poétique qu'on lit dans les livres. Ce n'est pas ce que le destin vous apporte dans l'incohérence et le désordre. Je crois enfin qu'il y a de mauvaises époques historiques, tout comme il y a de mauvaises époques artistiques, faute de grands hommes, ou parce que les grands hommes ne sont pas assez nombreux. Les événements ont beau transformer la vie de peuples entiers, ils n'ont pas l'harmonie ou la majesté qu'exige la postérité pour en conserver le souvenir. Combien de calamités se sont abattues sur l'Europe au IVe siècle de l'ère chrétienne, et quelle trace en subsiste-t-il, alors que nous connaissons les moindres débauches de Néron ? Pendant les basses époques, Clio n'est pas là. Tant pis pour les héros. J'ai connu quelques Mucius et quelques Régulus qui ne figureront dans aucun *De viris*.

En 1944, j'avais vingt-quatre ans. Pendant deux années, j'avais milité dans un mouvement de résistance appelé « Libération ». Pour le jour de la délivrance, j'avais mes consignes : je devais, en compagnie de deux fiers-à-bras qui étaient sous mes ordres, m'emparer de l'immeuble de *Paris-Soir*, 37, rue du Louvre, m'y installer et imprimer notre petit journal sur ses puissantes rotatives. Ce fut la simplicité même. Le 19 août au matin, nous arrivâmes devant la porte qui donne sur la rue du Mail. J'avais un pistolet passé dans la ceinture. Mes deux camarades fronçaient le sourcil et brandissaient des mitraillettes avec une extrême imprudence. Il y avait dans l'immeuble de *Paris-Soir* deux ou trois douzaines d'employés que nous terrorisâmes sans peine et que nous enfermâmes dans les cabinets. Après quoi j'allai m'installer dans un bureau magnifique qui, avec le recul, me semble aussi vaste que la galerie des Glaces du palais de Versailles. Je posai mon pistolet sur la table, ainsi que quelques grenades que j'avais mises dans mes poches, à tout hasard. Il faisait un beau soleil. De mon fauteuil, je voyais les toits des vieilles maisons de la rue Montmartre. J'étais très content. Mes deux bonshommes étaient plus fiers que s'ils avaient participé à la bataille d'Austerlitz. Pour faire comme tout le monde, je m'étais, pour la circonstance, bombardé commandant. Le commandant Arthur. C'était mon nom de guerre. On voudra bien se souvenir que je n'avais que vingt-quatre ans.

Je me souviens parfaitement du premier coup de téléphone que je donnai. Depuis deux ans, je téléphonais à mots couverts à mes camarades de résistance. Nous parlions de caisses de savonnettes pour dire des caisses de fusils, ou de ballots de vieux papiers pour désigner les paquets de journaux clandestins. On se donnait rendez-vous pour mercredi à onze heures place de la République, et cela signifiait mardi à midi square Montholon. Soudain, il n'y avait plus à se gêner. Je m'entendais avec surprise dire « en clair » et avec une simplicité peut-être un peu appuyée : « Allô ! ici Arthur. Je suis à *Paris-Soir*. Ma mission est accomplie. Je vous attends. » Les exclamations, les louanges, les cris de joie, à l'autre bout du fil, résonnaient à mes oreilles comme une exquise musique. On me demandait comment j'avais fait pour m'emparer de ce bastion. On m'avait envoyé là-bas en enfant perdu, et voilà que, contre toute attente, j'avais réussi. A vingt ans de distance, je me souviens presque des mots que j'employai pour raconter mon exploit. « Ma foi, disais-je, je suis entré par la porte, je suis monté par l'ascenseur, je me suis installé dans le grand bureau du quatrième étage. » Cette litote augmentait mon plaisir.

Le surlendemain, je fus dépossédé de ce bureau somptueux. On l'attribua au lieutenant Marceau, détaché avec quelque retard, par l'état-major F.F.I. de Paris, pour commander ce secteur dont j'avais été le libérateur et que je continuai nonobstant à régenter pendant toute la semaine que durèrent les combats. Ce lieutenant Marceau, du reste, était un fort gentil garçon, très nonchalant, qui faisait la guerre en pensant à autre chose. Cette indifférence, je dirai même cette modestie, m'inspira une vive amitié.

Impossible de me souvenir de ce qui se passa le reste de la journée. Je ne me rappelle que la beuverie par laquelle elle se termina. C'est l'une des rares fois de ma vie où je me suis soûlé. Je bus du vin blanc, du vin rouge, de la piquette champagnisée, du Byrrh cassis en quantités effrayantes. J'étais tellement ivre que je tombai sur le tapis de mon grand bureau et que j'y dormis sur le dos plus de dix heures. Le lendemain matin je m'aperçus qu'on m'avait volé mon pistolet. J'en fus tout à fait désolé. C'était un « 92 » à barillet, dont la gâchette était fort sensible et avec lequel on logeait une balle dans la mouche à dix mètres.

A mon réveil, je trouvai *Paris-Soir* bien plus peuplé que la veille. L'équipe de « Libération » s'était mise au travail, c'est-à-dire qu'elle rédigeait le journal, qu'elle le mettait en pages, que les typos composaient, que les rotativistes imprimaient. Cela ne faisait pas mon affaire. Ce qui m'amusait, moi, c'était la guerre. Nous étions partis pour une semaine de bagarres et cette perspective m'enchantait, malgré le chagrin de m'être bêtement laissé voler mon arme.

Je réunis dans mon bureau ce que j'appelais pompeusement « mon groupe franc » et qui se composait d'une demi-douzaine de lurons tout aussi décidés que moi à profiter de cette fête. Paris était délicieux. Pendant les huit jours de la Libération, il a fait un temps admirable. Il n'y avait pas un nuage, le ciel était d'un bleu profond, j'étais jeune, j'étais gai, j'avais envie de faire la guerre. Ah ! les bons souvenirs ! Ma jeune femme, qui pendant deux ans avait partagé mes dangers, était tout aussi joyeuse que moi. C'était un vrai soldat, elle aussi, une petite guerrière, qui ne demandait qu'à se faufiler comme une anguille entre les coups de fusil.

Nous habitions depuis trois mois un appartement de cocotte avenue Victor-Emmanuel-III (aujourd'hui avenue Franklin-Roosevelt), qui avait été mis à la disposition du mouvement par un industriel désireux de se dédouaner, et qu'on m'avait attribué. Ce lieu nous plaisait infiniment, malgré le mauvais goût avec lequel il était décoré. C'était des satins mauves, des moquettes noires, des fourrures d'ours blanc par terre, des guéridons en marbre. Le lit était rose. Il y avait deux pièces et une salle de bains, une vraie salle de bains, comme je n'en avais point connu depuis deux ans. J'étais le héros de la maison qui, du haut en bas, savait que j'étais un résistant professionnel. Au second, habitait une jolie femme, dont le fils, âgé de dix-huit ans, s'était pris de passion pour moi et s'était mis en tête de s'agréger à mon groupe franc, ce qui donnait à sa mère autant d'orgueil que de frayeur. Tous les matins, il sonnait à ma porte, et nous partions ensemble pour mon bureau dans une vieille Hotchkiss que j'avais réquisitionnée. Dès le troisième jour de la Libération, nous avions pris quelques armes à l'ennemi, et j'avais fait cadeau d'un mousqueton Mauser au jeune gars. Son bonheur faisait plaisir à voir. Posséder à dix-huit ans un fusil pris à l'ennemi, c'est quelque chose. Je ne me souviens pas de ce garçon sans tendresse. Il était plein de bravoure, de naïveté et d'imprudence, et il n'a pas tenu à lui qu'il ne se fît tuer. J'en aurais été au désespoir, car je me sentais responsable de sa vie. De même je me sentais responsable de la vie de mon adjoint, Philippe Caron, dit Lupin, qui était drôle et charmant et qui conduisait à la perfection la vieille Hotchkiss, car à cette époque je ne savais pas conduire. Pour en finir avec l'appartement, comme il n'y avait ni gaz ni électricité, on faisait la cuisine sur un réchaud à charbon de bois sur le rebord de la fenêtre. Cela produisait une fumée épaisse qui remplissait la cour. Mais la concierge avait pour nous toutes les faiblesses.

J'étais plein des souvenirs de nos révolutions : 1830, 1848, la Commune de 71. J'avais vu une multitude de gravures et de photographies représentant Paris boursouflé de barricades, peuplé d'insurgés tiraillant avec des fusils à aiguille. Et voilà que tout à coup j'étais plongé dans ce Paris-là. A vingt ans on est très proche du passé, on a la narine sensible au parfum de l'Histoire. Ce qui me fascinait, dans l'aventure où je me trouvais, c'est ce qui ressemblait au passé, précisément, à savoir le pittoresque. J'étais à peine en 1944 ; j'étais en 48, en 71. Les F.F.I. me semblaient tout droit sortis des Ateliers nationaux de Louis-Philippe ; ou bien c'était des moblots de l'armée Chanzy. Il régnait cette atmosphère si particulière que j'avais reniflée naguère dans les livres, quand le peuple bouge, quand il n'y a plus d'autorité, quand tout va changer. C'était l'atmosphère de guerre et de kermesse, d'amitié universelle, de fraternité, de pagaille heureuse, qui annonce les bouleversements sociaux.

Les Allemands s'enfuyaient. Ils entassaient du butin sur leurs camions. Parmi ce butin, on voyait des femmes blondes aux longues jambes qui semblaient bien contentes de partir avec eux. Le spectacle de cette armée en déroute était doux à notre cœur. Ces fiers soldats qui pendant quatre ans avaient foulé le pavé parisien de leurs bottes étaient devenus timides. Pendant la semaine de la Libération, je me suis promené partout dans ma vieille Hotchkiss qui n'avait plus de marche arrière, ce qui était un joli symbole, mais qui faillit, une fois que nous étions assiégés au fond d'une impasse, être dangereux.

Lupin était au volant. J'étais à côté de lui. Derrière, en lapin, deux de mes bravi. Nous étions armés jusqu'aux dents de fusils, de mitraillettes, de revolvers et de grenades. Nous passions devant des compagnies entières d'Allemands qui ne bronchaient pas. Les sentinelles n'osaient pas nous arrêter ni ouvrir le feu sur nous. Le feu, c'est nous qui l'ouvrions parfois, contre ces vaincus bien plus nombreux que nous, et qui ripostaient mollement. Nous revenions de nos expéditions, ou plutôt de nos promenades, tout rayonnants. Chaque fois nous avions la preuve que *c'était fini,* que ce n'était plus qu'une question de jours. Le gros monstre germanique n'avait plus de griffes, ou du moins il n'osait plus s'en servir. Toute la ville était soulevée. Je pense que les Allemands, alors, étaient épouvantés. Ils étaient pris dans le vent de la panique. Ils craignaient d'être égorgés par ce peuple qui se réveillait de quatre ans d'apathie.

On n'imagine plus, aujourd'hui que Paris est couvert d'autos, ce qu'était le Paris de ce temps-là. C'était un désert de maisons. On ne rencontrait pas une voiture boulevard Voltaire ou avenue des Champs-Élysées. Je dévalais les rues en trombe dans ma Hotchkiss sans marche arrière, tout comme des routes de campagne. Et le beau temps par là-dessus, le soleil qui tapait, l'effervescence qui était dans l'air, les coups de feu qui éclataient çà et là, les pancartes allemandes qui restaient aux carrefours, plus vieilles déjà que les bornes milliaires des empereurs romains. Paris ne résonnait que de bruits naturels : on entendait dans la rue les voix des passants ; on entendait même des oiseaux chanter. Tout le monde était maigre. Tout le monde était ravi. On voyait les cuisses des filles à bicyclette. Je me souviens d'un soir que j'étais allé patrouiller aux Halles : il faisait noir ; les « fifis » en bras de chemise montaient la garde un peu partout, appuyés sur leur fusil. On se lançait des mots de passe d'un pavillon à l'autre dans l'obscurité. C'était vraiment 71.

Aux yeux du souvenir, une semaine d'événements se résume en quatre ou cinq images. Je ne me rappelle avec quelque précision que le dernier jour de la Libération, à savoir le 25 août, que je passai à guerroyer en compagnie de Maurice Schumann. Tout le reste s'est télescopé. Il ne subsiste que des sensations.

Sensation de chaleur, surtout. Ce mois d'août 1944, c'est pour moi vraiment l'été de la vie, un été précoce où je me suis bien amusé. J'avais toujours trop chaud. J'étais en bras de chemise, je suais comme un déménageur. A chaque instant mon esprit ou plutôt mon âme était occupée. Aucun nuage ne l'assombrissait. Quand j'ouvrais les yeux, le matin, le ciel était d'une pureté admirable. Le soleil se levait sur une ville qui semblait avoir reculé dans le temps. Je suis presque tenté de dire, comme les vieillards : il n'y a plus de soleils comme celui-là ! Les révolutions, c'est le dimanche de la vie. C'est les vacances. Plus rien ne demeure de ce qui rend l'existence si maussade et si quotidienne. On laisse son métier, ses habitudes, ses contraintes et on descend dans la rue. Mais la rue n'est plus la rue, c'est une forêt enchantée où fourmillent les aventures et les spectacles. Pendant huit jours, j'ai respiré avec ivresse l'odeur des révolutions. J'ai connu les sentiments violents et charmants qui agitaient mes ancêtres lorsque la fantaisie les prenait de renverser leurs rois. Nous autres, nous sortions de chaînes où l'on nous avait maintenus pendant quatre ans et, pour que la fête fût complète, il faisait 25 degrés à l'ombre. Quand on tirait un coup de fusil, ou un coup de canon, on voyait un panache de fumée blanche sur le ciel bleu, comme dans un tableau de Van der Meulen ou de Vernet. Un vers d'Aragon me trottait par la tête : « Paris qui n'est Paris qu'arrachant ses pavés... » « Eh bien, nous y voilà, pensais-je. Et c'est rudement distrayant ! »

Vers le deuxième ou le troisième jour de l'insurrection, il y eut quelque chose comme un sursaut des Allemands. Des chars s'aventurèrent jusque dans la rue du Louvre et tirèrent des obus qui éraflèrent les maisons. Pour prévenir leur retour, j'ordonnai que l'on fortifiât l'immeuble de *Paris-Soir,* c'est-à-dire que l'on coupât par des barricades toutes les rues qui y menaient. Cela électrisa les habitants du quartier. Ils se jetèrent dans cette occupation avec enthousiasme. Les barricades furent élevées en une heure. Non seulement on avait dépavé les rues, mais chacun avait apporté sa contribution : qui un vieux fauteuil, qui un bahut, qui un matelas. Des vieillards que l'on croyait morts depuis 1930 descendaient de leur sixième. L'un d'eux m'est resté présent à l'esprit : il était maigre ; il avait une moustache blanche et une casquette. Son pantalon de velours tirebouchonnait autour de ses vieilles pattes. Il portait une chemise de flanelle et un gilet déboutonné. Il traînait à grand effort son bois de lit, qu'il jeta sur la barricade.

Ces braves gens, voyant que j'étais le chef parce que, de temps à autre, un gaillard venait me parler en se mettant au garde-à-vous, me faisaient un sourire affectueux ou me disaient un mot gentil. J'étais attendri à un point que je ne saurais dire. Cet élan, cette spontanéité me comblaient de joie. Je comprenais que j'assistais à une chose très rare : la fraternité. Un sentiment puissant faisait taire les idées égoïstes. Pour une fois quelque chose dépassait les individus. Pour une fois la nation mettait ses biens en commun pour le salut public, elle les prodiguait sans arrière-pensée, sans restriction. Et moi, jeune homme, jeune soldat, commandant d'opérette, je me sentais le fils de tous, un fils chéri, sur qui l'on place de grands espoirs, et qui va faire de grandes choses. Rien de tout cela, à distance, ne me paraît ridicule. Au contraire : cela a été, cela a existé ; je ne l'ai pas rêvé, j'en ai éprouvé une émotion bien réelle. La fraternité et l'union ne durent pas longtemps chez les Français ; toutefois je puis dire que j'ai vécu une semaine pendant laquelle ce phénomène si peu fréquent s'est produit. Si parfois j'ai été effleuré par le soupçon que je vivais des heures historiques, c'est à ce sentiment si insolite de fraternité que je le dois.

Voici un autre souvenir, assez cocasse, qui doit se placer au temps de l'érection des barricades. J'avais téléphoné à mon ami Morandat, délégué au ministère de l'Intérieur, afin qu'il m'envoyât des renforts pour repousser une éventuelle attaque. Une compagnie de gardes mobiles arriva une heure plus tard, au pas cadencé. Le capitaine se présenta devant le commandant Arthur pour prendre ses ordres. Instant sublime ! Je fus charmé par la discipline de ces soldats, leur silence, leur obéissance, leur efficacité. Je leur indiquai les points où se poster pour prendre l'ennemi sous les feux croisés de leurs fusils mitrailleurs. Je n'en revenais pas de commander à de vrais militaires, d'organiser une vraie défense. Je me revois encore défilant en bras de chemise, à la tête de la compagnie, sur la place. Il reste des témoins de cette parade.

Qu'advint-il de ces belles troupes ? Ma foi, elles n'eurent pas l'occasion de livrer bataille. Elles vinrent occuper leurs positions vers midi et les tinrent jusqu'aux environs de sept heures du soir. A ma grande déception, aucun char allemand ne se montra. Les gardes mobiles transpiraient dans leur uniforme boutonné jusqu'au menton. De mon bureau, je voyais leurs casques noirs et leurs vareuses noires aux fenêtres des maisons. Le soleil se reflétait sur les casques et sur l'acier bleuté des fusils mitrailleurs. Dans la rue, comme chaque jour, des centaines de personnes se promenaient, parlaient, riaient, espérant le spectacle de quelque bonne bagarre. A sept heures, le capitaine des gardes mobiles me demanda avec beaucoup de déférence la permission de ramener ses hommes à la caserne. Je la lui accordai. Je me sentais un peu nigaud. Un peu vexé aussi que la guerre me négligeât de la sorte, qu'elle dédaignât de passer dans la rue du Louvre que je tenais sous le feu de mes armes, alors qu'elle crépitait fort joliment à un kilomètre de là, autour de la Préfecture de police.

Il est étrange que je ne me rappelle à peu près aucun détail de la vie de l'immeuble *Paris-Soir* pendant la semaine de la Libération. J'y ai pourtant passé le plus clair de mon temps, donnant des ordres, réunissant des conseils de guerre, projetant des expéditions dans des quartiers lointains avec mon groupe franc. De ce groupe franc lui-même, je me rappelle seulement trois ou quatre visages et un seul nom. Encore est-ce à peine un nom ; tout au plus un diminutif : Dédé. Ce Dédé-là, je le revois très bien, mieux que les autre, quoiqu'il ne fût point celui pour lequel j'éprouvais le plus d'attachement. C'était un garçon de trente ou trente-cinq ans, une vraie têtre brûlée. Il avait des cheveux blondasses collés à la gomina, la joue creuse, des yeux bleu pâle, des paupières rouges, un sourire mélancolique et vicieux. C'était un plaisir de partir en expédition avec lui, car il ne reculait devant aucune folie. A la guerre, ces caractères-là sont précieux. Au fond, je pense que Dédé me plaisait parce que je lui attribuais un passé louche. Je soupçonnais qu'il avait « fait des bêtises » autrefois, ce qui ne l'empêchait pas d'être un bon garçon. Et puis la bravoure efface tout. Pendant les deux ans qui avaient précédé la Libération, j'avais connu toutes sortes d'hommes, des courageux et des lâches. Voici un sentiment qui va me faire passer pour fanfaron, mais qui est vrai et que par conséquent j'aurais tort d'omettre : en 1942, quand je m'enrôlai dans la Résistance, je ne savais rien du courage, je me croyais froussard et je m'étonnais de rencontrer des gens encore moins braves que moi. Deux ans plus tard, après avoir vu plusieurs fois le danger et appris à me connaître, j'étais tout l'inverse : je m'étonnais naïvement de trouver des hommes plus téméraires que moi, des hommes qui osaient aller plus loin que je n'allais, moi qui savais que le courage est moins dangereux que la lâcheté, des hommes qui ne songeaient jamais au repli, à la prudence, à la timidité. Pas une seule fois Dédé n'a tenté de me modérer, de me retenir, de me donner de sages conseils. Au contraire, il était toujours plus fou, toujours en avance d'un projet. A croire qu'il cherchait à se faire tuer. D'ailleurs il y avait en lui quelque chose de désespéré, malgré ses plaisanteries et nos parties de rigolade. Il ne se séparait jamais de sa mitraillette, qu'il portait sans affectation, comme un instrument familier de travail, de même qu'un menuisier ne se déplace pas sans sa boîte à outils. Dédé était l'un des deux bonshommes avec qui j'avais conquis *Paris-Soir* le 19.

Une autre image m'est restée : celle de la cantine qui fonctionnait au septième étage, et qui rencontra le plus vif succès auprès de mes compagnons d'armes. La façon dont, en un mois, la clientèle de cet établissement changea fournit une excellente représentation du monde comme il va. Au début, la cantine était envahie matin et soir par des fifis au visage farouche et aux manières fendantes, qui accrochaient leurs pétoires aux dossiers des chaises ou posaient leurs revolvers sur les nappes en papier. Cela buvait bien, jurait convenablement et passait la main sur la croupe des serveuses. Puis, à mesure que les jours s'écoulèrent, les fifis disparurent l'un après l'autre. Leurs combats et leurs passions les appelaient ailleurs. Sur leurs chaises vides s'assirent des civils qui avaient des sourires ironiques et des lunettes, qui parlaient vite, qui lisaient en mangeant et qui professaient sur tous les sujets des opinions sceptiques. C'était des journalistes professionnels, dont la maison se remplissait. La paix chassait la guerre. J'en éprouvais quelque mélancolie. En effet, je voyais bien que mon beau temps tirait à sa fin. Que pouvais-je espérer de la paix ? Je n'avais pas de diplôme, je ne savais faire que la guerre. Sans compter qu'il allait falloir dorénavant vivre comme tout le monde, en tenant compte des lois et des règlements, en payant des impôts, en assumant ces ennuyeuses responsabilités de l'existence quotidienne. Mais j'avais vingt-quatre ans et beaucoup d'insouciance. Je ne m'appesantissais guère sur ces idées-là. Les sept ou huit ans de vache enragée qui furent mon lot par la suite me prouvèrent que mes alarmes n'étaient pas vaines. Je notai, dans mon carnet de l'époque : « Deux destins possibles pour quelqu'un qui a connu la clandestinité : au-dessus des lois ou en dehors. Ministre ou vagabond. » Je n'ai pas été ministre. Mon Dieu, que la guerre est jolie pour un soldat ! Elle est un nid, elle est un cocon, où il est à l'abri de tout sauf de la mort violente. Mais qu'est-ce que la mort violente ? Oserai-je dire que c'est le piment du métier, au risque de me faire honnir par les professionnels du pacifisme ? Pourtant c'est vrai. Je l'ai senti. La cantine de *Paris-Soir* montre à merveille la vanité des actions. Les soldats l'ont occupée une semaine, un mois peut-être. Ils ont passé comme un coup de vent. Les journalistes y sont depuis vingt ans. Ils y mangeront jusqu'à ce que le temps détruise l'immeuble.

Que faisait ma petite épouse pendant que je jouais au chef de Peaux-Rouges ? Je l'ai interrogée, mais elle est aussi oublieuse que moi. A la vérité, ces souvenirs nous ennuient. Elle et moi nous avions trop entendu radoter les anciens combattants pendant notre enfance, et nous nous étions promis, quand notre aventure aurait pris fin, de la laisser s'éteindre toute seule dans le passé. Quoi qu'il en soit, il m'est impossible de la dissocier de moi pendant la semaine de la Libération. Je la vois sans cesse à mon côté, babillant, très gaie au milieu des fusillades, pleine de bonne volonté et de sérieux. Je la vois faisant la maîtresse de maison à *Paris-Soir,* s'occupant de réorganiser le standard téléphonique, recevant des délégués de province, cousant sur les manches de mes camarades des galons d'or achetés chez la mercière, allant dans des ministères demander des bons de réquisition, du papier pour le journal, des armes ou des instructions de bataille. Quelquefois, elle montait avec nous dans la vieille Hotchkiss et en avant ! Son nom de guerre était Clara. C'est moi qui l'avais baptisée ainsi, à cause de la Clara d'*Egmont,* l'un des plus beaux personnages féminins de la littérature, et des plus poétiques. J'étais fort romantique, quoique moqueur, et il ne me déplaisait pas de m'assimiler au héros de Goethe. Ce nom de Clara, du reste, est cher à mon cœur. Après l'avoir donné à ma femme, je l'ai donné à ma fille, laquelle naquit au mois d'avril 1945 et fut vraiment l'enfant de la Libération.

Il ne faut pas essayer de lier les souvenirs entre eux, ni d'en faire un récit, car ils ne se présentent nullement de la sorte. C'est un mot, un geste, un tableau qui se détache sur le fond du passé. Tout autour, l'obscurité est complète ; c'est l'obscurité du néant. Mais le tableau est intact, lui. Il a des couleurs toutes neuves, des couleurs de la veille comme une peinture de Van Eyck ; il est indestructible. Et rien ne manque, aucune nuance de lumière. Le plus joli tableau de la Libération qui reste dans l'esprit de ma femme, c'est celui-ci : elle va porter un message au préfet de police. Quel message ? Cela, c'est le néant. Le tableau ne la montre qu'à bicyclette, descendant la rue du Louvre jusqu'au quai, puis traversant la Seine par le pont au Change, et enfin arrivant essoufflée boulevard du Palais. Elle entre par le grand porche de l'hôtel du préfet, devant lequel des agents montent la garde. Elle est jolie et affairée ; les agents lui sourient et lui disent des galanteries qui la font sourire elle aussi, tout en l'agaçant, car les jeunes femmes n'aiment pas que l'on fasse mine de s'intéresser à leurs charmes quand elles s'occupent d'une affaire sérieuse. Ce mélange des genres les choque.

Ici, le souvenir s'interrompt pendant un long moment. Ce qui est certain, c'est que peu après que Clara eut pénétré dans la Préfecture, un détachement de chars allemands vint se mettre en batterie sur le boulevard du Palais et sur le quai du Marché-Neuf. Soudain le bâtiment se trouva assiégé de tous les côtés à la fois. Il y eut une belle pétarade, à laquelle les agents répondaient des fenêtres. Les abords de la Préfecture devinrent déserts en un clin d'œil. Les badauds s'étaient enfuis ou se pressaient dans les portes cochères. Cette fusillade — on peut bien dire cette canonnade — dura plusieurs heures. Mais voici que le tableau s'illumine de nouveau. Clara se penche à une croisée donnant sur l'une des grandes cours intérieures. De temps en temps le portail s'ouvre ; une voiture de police entre en trombe, surchargée d'agents armés revenant de quelque expédition. Les agents sont gais. Ils ont l'air enchantés d'être soldats ; ils s'en donnent à cœur joie. On dirait qu'ils pensent qu'ils sont en train de gagner des titres de noblesse. Au milieu de la cour, en plein soleil, un barbier improvisé coupe les cheveux de ses collègues. Il y a une chaise paillée sur laquelle on s'assied à tour de rôle, et coupe que je te coupe ! Les candidats à la tonte font queue. Le ciel est immuablement bleu. Il doit être environ six heures de l'après-midi, car le soleil rase les toits de la Préfecture dans un éparpillement de rayons dorés. Clara se sent toute joyeuse devant cette scène, contemplée de la hauteur de deux étages. C'est une gravure, une litho, une estampe. Le bleu du ciel, le gris des pierres, le bleu sombre des tenues, les autos noires dans lesquelles six ou huit hommes montent à la volée dans le brinquebalement de leurs armes, les démarrages triomphants, les grands vantaux qui s'entrouvrent pour ces sorties, tout cela forme une « vue de la Libération » parfaite.

A quelle heure Clara rentra-t-elle à *Paris-Soir ?* Impossible de s'en souvenir, ni elle ni moi. Pourtant j'ai dû être bien inquiet. Impossible aussi de me souvenir de mon inquiétude, ni de ce que je faisais ce jour-là. Vers la fin de la journée, l'attaque allemande fut repoussée ; les chars se replièrent du côté de la place Saint-Michel, où les agents les poursuivirent. C'est à ce moment que Clara remonta sur sa bicyclette. Il faisait encore très clair. On la fit sortir par les derrières, c'est-à-dire par la porte donnant sur la rue de Lutèce. Elle suivit le quai de Corse et traversa le pont d'Arcole sans rencontrer un chat. Dans le lointain, sur la rive gauche, on entendait par intermittences des éclatements d'obus et le bruit de crécelle des mitrailleuses ; mais cela n'en faisait que davantage ressortir le silence. La place de l'Hôtel de Ville était si déserte, quand elle y arriva, qu'il lui sembla qu'elle se promenait dans une de ces cités sans hommes dont le peintre Giorgio De Chirico nous a donné tant de représentations. Tout en roulant, pour se donner du cœur au ventre, elle chantonnait de sa jolie voix claire : *C'est la romance de Paris...* Les badauds ne recommencèrent à se montrer que dans la rue de Rivoli, où elle eut un petit succès, car elle venait d'un lieu où il se passait quelque chose.

Je me rendis moi aussi à la Préfecture, dans les derniers jours de l'insurrection, sans doute l'avant-dernier. C'est que la Préfecture était, si je ne me trompe, l'un des points les plus brûlants de Paris. On s'y battait souvent ; il en émanait des ordres et des consignes. D'ailleurs, dans cette Libération, la police a joué un grand rôle. C'est elle qui donna le signal de la révolte en se mettant en grève, fait unique, jamais vu, en France tout au moins. Parmi les curieuses fraternisations de ce temps, celle-ci n'est pas la moins remarquable : les agents, par leur grève, devinrent d'un instant à l'autre des êtres humains, des frères d'armes. Eux qui, traditionnellement, représentent tant de choses ennuyeuses : la raison, la discipline, le maintien de l'ordre, bref toutes les contraintes de la société, voilà qu'ils passaient dans le camp des fous, des galopins, des bousingots. J'imagine que les sans-culottes durent avoir une pareille surprise, et pareillement divine, quand les gardes-françaises passèrent à la Révolution le 14 juillet. Il faut avouer que ces gardiens de la paix, enfin livrés à la fantaisie, faisant le coup de feu comme nous autres, nous aidant dans des entreprises qu'ils eussent réprimées de toutes leurs forces en tout autre temps, c'était renversant. Nous étions très réconfortés par la pensée de cette police, cette force organisée, qui possédait des effectifs, des armes, une caserne et même un chef, puisque M. Luizet, le préfet de la France Libre, avait débarqué clandestinement à Paris dès le début du soulèvement, était avec nous. C'était une preuve de plus que nous touchions à la fin de nos peines. Une telle institution, en effet, ne s'engage point dans des actions inconsidérées, et si la police avait choisi notre camp, c'est que le nouvel ordre de choses, pour lequel nous combattions, allait irrévocablement s'instaurer.

A la réflexion, c'est sûrement le 24 août au soir que j'allai voir le préfet. Je me rappelle très bien la physionomie de l'hôtel préfectoral, qui était gardé par des agents bardés de revolvers et de carabines. On avait entassé des sacs de sable devant les portes et sur les appuis des fenêtres. L'hôtel du préfet avait un air à la fois formidable et accueillant. C'était une forteresse et un ministère. J'eus le plaisir, lorsque j'entrai et que j'exhibai ma carte tricolore de commandant F.F.I. de voir les défenseurs se mettre au garde-à-vous. Dans le vestibule d'honneur, au pied de l'escalier, l'harmonie des gardiens de la paix, en grande tenue, fourragère à l'épaule et buffleteries blanches, se tenait prête à toutes les solennités. Après une semaine de combats, on attendait la division Leclerc, qui accourait d'Alençon. La nuit était chaude et pure. Je ne possédais alors qu'un seul costume, assez épais, dans lequel j'avais tant sué depuis huit jours que son odeur m'était devenue insupportable. Le pantalon, huilé par ma transpiration, me collait aux genoux. Pour l'occasion, j'avais mis une cravate, ce qui ajoutait à ma gêne.

Les salons du préfet étaient fort éclairés et fort remplis. Des fifis de haut grade, que je connaissais tous, des délégués de la France Libre, des inconnus tirés à quatre épingles, allaient et venaient, causaient entre eux, attendaient un moment historique qui tardait à venir. Combien de temps ai-je passé là, serrant des mains, parlant un peu trop fort, montrant un peu trop ma joie et ma jeunesse ? Je ne saurais le dire. Dans un salon dont la porte était entrouverte, je voyais quelques messieurs très importants et un officier allemand en uniforme, nu-tête, qui se disaient des choses graves. Ils se penchaient sur une table où était étalé un plan de Paris. L'officier faisait des gestes et expliquait je ne sais quoi, que les autres écoutaient avec attention ou notaient scrupuleusement. Quel officier était-ce là ? Il était courtaud, grisonnant, avec quelque embonpoint, fort propre, autant que j'en pus juger de là où j'étais. Il me sembla qu'il manifestait beaucoup de bonne volonté, indiquant toutes sortes de choses : dépôts d'armes, derniers points de résistance, etc. Il me fit l'effet d'un homme fort civilisé. Je pensai que c'était peut-être le général von Choltitz, gouverneur de Paris, mais personne ne put me renseigner et, tout commandant que je fusse, j'étais un trop mince personnage pour que les dignitaires se donnassent la peine de m'éclairer.

De temps à autre, la musique des gardiens de la paix, en bas, jouait *La Marche lorraine* ou *Le Chant du départ* pour tuer le temps. La musique s'engouffrait dans l'escalier d'honneur. Chaque fois qu'elle éclatait, il y avait une sorte de frémissement dans les salons et un reflux vers l'escalier. On s'attendait à voir apparaître le général Leclerc en personne, suivi de son état-major. Mais rien ne venait; les heures s'écoulaient; les conversations s'étiolaient.

Bien entendu, c'est au moment où l'on y comptait le moins que l'événement se produisit. Tout à coup, sans qu'on sût comment il était entré, on aperçut au milieu des groupes un petit homme râblé, assez gros, l'air fort intimidé et fort ému. Il était vêtu d'un uniforme américain kaki tirant sur le verdâtre et portait un képi d'artilleur français noir à trois galons. Vingt ans après, son visage basané et joufflu, avec une barbe de vingt-quatre heures, est devant mes yeux, ainsi que son expression fermée. Ne sachant que faire, devant tous les regards braqués sur lui, il se mit au garde-à-vous et dit de la voix la plus neutre : « Capitaine Dronne, de la

2e division blindée. » Il y eut un silence, qui fut interrompu par la voix, venant d'en bas, du chef de musique affolé s'écriant :

— Nom de Dieu, une *Marseillaise,* en vitesse !

Les cuivres de la fanfare entonnèrent *Allons, enfants de la patrie...* et tout le monde se précipita vers le capitaine, pour lui serrer la main, pour le toucher, pour l'embrasser, pour lui dire bonjour. C'était le premier soldat français de notre petite armée d'au-delà des mers. On l'accueillait comme un prince, comme Napoléon arrivant de l'île d'Elbe. C'était plus qu'un soldat ; c'était un symbole. En sa personne, la France combattante faisait sa jonction avec la France résistante, la France libre avec la France esclave. A dater de ce moment, il n'y avait plus deux France, mais une seule nation, qui renaissait, qui allait de nouveau être indivisible. Au rez-de-chaussée, la musique était déchaînée à présent. Elle joua six ou huit morceaux à la file, enchaînant l'un à l'autre. Cela faisait un joli vacarme, auquel il faut ajouter les rires, les exclamations, le brouhaha des voix. Je ne puis, dans mon souvenir, imaginer d'autre expression au capitaine Dronne que celle du plus profond sérieux. Je fus même frappé par le fait qu'il ne sourit pas une seule fois. On aurait dit qu'il était encore essoufflé de sa grande course victorieuse à travers la France. Peut-être était-ce l'émotion d'avoir retrouvé sa patrie qui le rendait si grave ? On voyait bien qu'il n'avait pas perdu une minute pour courir au rendez-vous de ce soir. Son uniforme était froissé et poudreux, et ses mains sales ; il avait encore sur le visage la crasse noirâtre de son tank.

Clara soutient que j'ai rencontré pour la première fois Pierre Bourdan, au *Pam Pam Opéra,* café à la mode de la rue Auber, où fréquentaient volontiers les jeunes gens de 1938, et qui subsista pendant toute l'occupation, en servant ces boissons insipides qui remplacèrent les honnêtes cocktails de ma jeunesse. Pour moi j'ai un souvenir différent. Je jurerais que j'ai fait la connaissance de Pierre Bourdan devant l'agence Havas, place de la Bourse. Son image dans mon esprit est associée à ce lieu. Je me souviens que je fus frappé par son air de jeunesse et par sa placidité. N'eût été son uniforme, vareuse foncée, pantalon clair, belles chaussures anglaises jaunes à bout rond, calot américain, on l'aurait pris pour un touriste. Qui diable nous présenta ? Cet intermédiaire est mangé par les ombres. Pierre Bourdan m'accueillit comme s'il m'avait toujours connu, ce qui me flatta considérablement de la part de cet homme célèbre, dont j'avais entendu maintes fois la voix à la radio anglaise, et qui me paraissait aussi fabuleux, aussi éloigné dans l'espace que Stendhal ou Balzac dans le temps. Je crois même qu'il me dit qu'il avait entendu parler de moi. On parlait donc d'Arthur à Londres ? Cela m'éblouit tellement que je n'osai pas demander de précisions supplémentaires, de crainte qu'il ne se trompât. A cette époque, je me prenais pour un homme d'action, pour un jacobin. Mon allure devait se ressentir de ces chimères et je posais au jeune héros. Mais ce n'est pas sous ces traits grandioses que me vit Pierre Bourdan. La bienveillance qu'il me témoigna, ses manières confiantes et souriantes me montrent, avec mon expérience d'aujourd'hui, qu'il devinait bien, sous mes rodomontades, ce que j'étais réellement et qu'il m'appréciait plutôt pour ma naïveté. Enfin je représentais à ses yeux une espèce qu'il ne connaissait pas et dont il était curieux sans doute : le jeune insurgé, le F.F.I. authentique, le maquisard parisien. Il avait devant lui un personnage qu'il avait souvent évoqué, sans l'avoir jamais vu, au micro de Radio-Londres. Il me regardait parler et gesticuler avec amusement, avec intérêt, avec tendresse. Je suis absolument sûr de cette tendresse, après vingt années. Je la sentis très fort sur le moment.

Je n'avais pas d'arme sur moi. On se battait encore ici et là dans Paris. Pierre Bourdan portait accroché à son ceinturon un magnifique colt que je désirai dès que je l'aperçus. J'étais si mal élevé que je crois bien que je le lui demandai, en remplacement de celui que je m'étais laissé voler quelques jours plus tôt. Il me le donna aussitôt. Je l'ai toujours. C'est un engin pesant et meurtrier qui tire des balles de neuf millimètres en faisant un bruit terrible. Le canon, en acier mat, porte diverses inscriptions : *United States property n° 1242712 M. 1911 A I US. Army Ithaca gun Co inc. Ithaca, N.Y.* C'est très étonnant, quand on y songe, d'avoir reçu de ce voyageur une arme fabriquée à Ithaque. Du moins j'en fis alors la réflexion. Le monde en 1944 remuait comme au temps d'Ulysse.

Ici Pierre Bourdan sort de ma mémoire. J'ai beau m'interroger, j'ai beau être certain de l'avoir revu par la suite, mon esprit ne me fournit aucune autre image de lui. C'est comme s'il m'avait été envoyé par le destin dans l'unique intention de me remettre son arme avant de mourir, car il mourut peu de temps après, ce jeune homme sur lequel on fondait tant d'espérances. Il se noya ; et cette mort accidentelle affligea le pays autant qu'une mort héroïque.

Pierre Bourdan sort de ma mémoire, dis-je. Mais Maurice Schumann y entre : et nous voilà au 25 août. Je ne sais par quel bout attraper cette journée, tant il me semble qu'elle fut remplie d'événements. Il faut que je dise d'abord que j'avais changé de voiture. La vieille Hotchkiss sans marche arrière était décidément trop dangereuse. J'avais usé de mon pouvoir de commandant militaire en réquisitionnant un cabriolet Citroën décapotable, choisi avec soin en compagnie de Lupin, qui en fut extrêmement satisfait. C'était une auto fringante et nerveuse, dont un mécanicien attentif s'était constamment occupé. Quatre ans d'immobilité dans un garage ne l'avaient point ankylosée. Et jolie avec ça. Les cabriolets décapotables Citroën étaient sûrement les voitures françaises les plus élégantes de cette époque. En fermant les yeux, je vois encore la couleur carmin des coussins en cuir des deux places de devant.

Bien entendu, je ne saurais dire où ni comment je rencontrai Maurice Schumann. Je l'ai interrogé : il affirme que cette rencontre eut lieu le 25 au matin place de la Bourse, au coin de la rue Vivienne. Que faisais-je là ? A la vérité, pendant ces journées, j'étais fourré partout. Je ne voulais manquer aucun aspect de la Libération. Le moindre coup de fusil tiré à Aubervilliers, le moindre personnage débarqué d'Alger ou de Londres m'inspirait une curiosité infatigable. J'ai sillonné Paris dans tous les sens. Je me disais que j'accumulais ainsi des souvenirs inestimables — en quoi je me trompais, car il ne me reste que des sensations ou des tableaux très schématiques et très vagues.

Pourtant je me rappelle cette place de la Bourse et cette rue Vivienne au matin. Je me rappelle la pureté et la pâleur du ciel ; je sens dans mes narines l'ozone de l'air. La journée allait être encore plus torride que celles qui avaient précédé. Maurice Schumann, qui arrivait en éclaireur de la division Leclerc, avait une mission à remplir, qui consistait à tâter les points de résistance allemands. Il était capitaine, à ce que je crois. Il sauta à bas de sa jeep et me tomba presque dans les bras. Je savais qu'il avait été jadis l'ami du père de Clara ; je le lui rappelai ; cela facilita notre connaissance.

Après cela, je suis incapable de trouver un lien chronologique entre les diverses actions que j'accomplis au cours de la journée. D'un côté, il me semble que je n'ai pas quitté Maurice Schumann d'une semelle. D'un autre côté, il me revient des souvenirs qui contredisent cela et qui sont incontestables. En fait, je crois que nous nous sommes perdus et retrouvés dix fois dans le Paris du 25 août, qui présentait un mélange très piquant de fête populaire et de guerre de rues. Probablement que je ne me souciais guère d'aller tâter « les points de résistance allemands », non que cela m'effrayât, mais il y avait plus amusant, et j'avais « tâté » déjà moi-même pendant une semaine.

C'est ainsi qu'au début de l'après-midi j'appris qu'on livrait bataille rue de Rivoli. Les Allemands défendaient avec alacrité deux de leurs bastions, qui étaient l'hôtel Meurice et le ministère de la Marine. Lupin, Clara et moi, nous sautâmes dans le cabriolet Citroën, et nous y courûmes. Nous nous rangeâmes devant l'entrée de l'hôtel Meurice tout comme en temps de paix. La rue de Rivoli s'étendait devant nous comme une rivière. La chaussée était vide, mais on n'aurait pas pu en dire autant des trottoirs. Une foule de badauds circulaient sous les arcades. Il y avait de temps à autre des rafales de mitrailleuse. Les gens se pressaient contre les murs ou se couchaient par terre. Quand la fusillade cessait, on apercevait une tête qui se risquait derrière un pilier, puis dix têtes, puis mille têtes. On entendait des voix, des rires, des interpellations. Des farceurs faisaient des plaisanteries. Ces grands mouvements de curiosité collective, coupés de brèves paniques, étaient une chose fort plaisante.

Le ministère de la Marine, beau palais de Gabriel,

s'avance au fond de la rue de Rivoli. Avec ses colonnes on dirait un buffet d'orgue. Il était gris sur le ciel bleu, et tout environné de fumée. Les Allemands le tenaient bien et n'avaient pas envie de le lâcher. Un char français posté place de la Concorde tirait dans ses fenêtres ; il coupa en deux une de ses colonnes. De l'hôtel Meurice partaient seulement quelques coups de fusil. Ce bâtiment avait déjà été pris d'assaut. Lorsque j'y pénétrai, mon gros colt au poing, une troupe de fifis extrêmement sauvages, tenant à bout de bras leurs mitraillettes toutes chaudes, dégringolaient l'escalier. Ils étaient en manches de chemise et poussaient devant eux quelques soldats allemands terrifiés.

— Tu peux monter, me dirent-ils, on se bat encore dans les étages.

Sur chaque marche de l'escalier, ou à peu près, il y avait un cadavre de soldat, preuve que l'affaire avait été chaude. J'entendais des coups de feu au-dessus de ma tête. Pressé de rejoindre les nôtres, je me forçai à marcher sur les corps. Mais je n'ai jamais été fort pourvu d'imagination. Cela ne me fit aucune impression particulière. C'était mou et cédait sous le pied. Je me souviens très bien de la pénombre de l'escalier, de la couleur grisâtre des joues des morts. Le vert de leur uniforme semblait dégradé lui aussi. J'observai la main pendante de l'un d'eux. Il avait encore son calot sur la tête et les yeux ouverts. Il était plutôt gras. Je pensai que cela cause bien peu d'émotion de voir son ennemi trépassé et de marcher sur lui. Je pensai aussi qu'il était normal que l'ennemi fût mort, puisqu'il était l'ennemi. Ce sont de plates réflexions, mais j'étais dans un état d'extrême excitation, et elles me traversaient la tête comme des éclairs.

Clara, en me voyant enjamber la porte du cabriolet, tirer mon revolver de ma ceinture et courir vers l'hôtel

Meurice, avait eu un mouvement de crainte pour moi. Elle me cria : « Je ne te quitte pas. — Reste dans la voiture, répliquai-je. C'est un ordre. Lupin aussi ! » J'avais hâte de les rassurer sur mon sort. Je montai au premier. J'entrai dans la première chambre venue dont la porte était ouverte. Par chance, sa fenêtre donnait juste au-dessus de l'endroit où le cabriolet Citroën était garé. Je vois encore le visage de Clara et celui de Lupin levés vers moi. Je lis encore, après toutes ces années, leur affection, leur inquiétude et leur brusque joie. J'eus alors une idée singulière. Je pensai qu'il fallait garder un souvenir tangible de cet instant. La chambre avait dû être occupée par un officier, qui s'était sauvé précipitamment. Une grosse valise en parchemin, ouverte, contenant une paire de bottes, était restée sur une console de marbre. Je la fermai et la lançai à Lupin, qui l'attrapa au vol. C'est ainsi que j'ai pillé l'hôtel Meurice. Je donnai la paire de bottes à Dédé.

Lorsque je sortis de la chambre, j'essuyai deux coups de feu, tirés par un Allemand du bout du couloir. J'y répondis. C'était la première fois que je me servais du gros colt. Il tressauta dans ma main comme un thon attrapé en pleine mer. Naturellement je manquai mon agresseur, qui tourna le coin du couloir et disparut. J'en suis bien content, aujourd'hui. Je le poursuivis, mais il est à présumer qu'il connaissait mieux les lieux que moi.

Dans ces sortes d'actions, on est en proie à l'impatience et au dérèglement d'esprit. Je ne m'attardai pas à cette poursuite. Déjà une autre idée m'occupait : courir là où l'on se battait, si l'on se battait encore. Voir ce qui se passait. Ne rien manquer. Je parcourus l'hôtel en tous sens pendant un bon quart d'heure. J'entrai dans les chambres dévastées. Tout était fini.

J'étais furieux de cette équipée ridicule. Je me résignai enfin à regagner la voiture. Clara m'embrassa fiévreusement, comme si j'avais pourfendu un dragon.

Un spectacle assez dégoûtant se déroulait dans la rue de Rivoli. Tout à l'heure la chaussée était déserte. Maintenant les badauds l'avaient envahie. Ils insultaient une douzaine de soldats allemands que les fifis avaient capturés. Ces pauvres bougres marchaient en file indienne, désarmés, les mains croisées au-dessus de la tête, encadrés par des insurgés à la mine sévère. Je les vis distinctement trembler. Ils jetaient des regards de côté comme des bêtes apeurées. La foule les traitait de saligauds, de sales boches, etc. Certains crachaient sur eux. D'autres leur donnaient des coups, qu'ils tâchaient d'esquiver. Les fifis faisaient de leur mieux pour les protéger. Un homme attrapa l'oreille d'un des prisonniers et tira dessus. Je frappai sur sa main avec le canon de mon revolver.

Devant nous, le ministère de la Marine était toujours dans la fumée. Les combats continuaient là-bas. Ils continuaient aussi dans le jardin des Tuileries, lequel ne ressemblait plus à un jardin, mais à un morceau de la Champagne pouilleuse ou de la Somme. Plus de pelouses, plus d'allées, mais des monticules de terre brunâtre. Au loin, vers les quais, un char allemand tirait sur je ne sais quoi. Je fus saisi d'une envie folle d'aller voir ce qui se passait par là. Je m'avançai avec assez de prudence à cent mètres environ à l'intérieur du jardin. C'était très étrange, cette progression semblable à celle d'un poilu sur un champ de bataille, alors que Paris m'environnait de toutes parts. J'eus là, pendant un moment, l'impression d'être en rase campagne, faisant la guerre comme jadis. J'éprouvais même cette espèce particulière de peur que je n'avais pas connue une seule fois de toute la semaine, et qui est celle que ressentent les fantassins à proximité des lignes ennemies. Tout à coup, le spectacle le plus inattendu, le plus saugrenu, se présenta à mes yeux : un jeune homme blond assis sur une chaise de fer. Il était un peu penché, les mains sur les genoux, parfaitement placide, et me regardait en souriant. A côté de lui, il y avait un fanion blanc à croix rouge fiché en terre et un brancard. Chose plus surprenante encore, ce garçon ne m'était pas inconnu. Tout ce que je trouvai à dire, dans ma stupéfaction, fut ceci :

— Je te connais, toi. Où est-ce que je t'ai vu ?

— Je suis Jean Mercanton, me répondit-il d'un ton traînant et en accentuant son sourire.

On se souvient peut-être encore de lui. C'était une vedette de cinéma. Il est mort peu d'années après. Quant à moi je n'ai garde d'oublier quelqu'un rencontré dans de pareilles circonstances. A jamais ce jeune homme assis dans le jardin des Tuileries, au milieu des balles qui sifflaient d'une façon fort désordonnée, ne bougeant pas d'un centimètre, sera à mes yeux le symbole de la simplicité. Je voudrais bien qu'en ce moment où j'écris l'ombre aimable de Jean Mercanton fût penchée par-dessus mon épaule. Comme c'est curieux : voilà un homme que je n'ai vu qu'une minute dans toute ma vie, avec qui j'ai échangé une parole insignifiante, et dont je me souviendrai jusqu'à mon dernier soupir. Si je compose un jour, comme j'en ai le projet, une « Anthologie de la simplicité », j'y mettrai en bonne place ma rencontre avec Jean Mercanton le 25 août 1944 dans le jardin des Tuileries.

La petite guerre que je fis dans cet endroit a complètement sombré dans l'oubli. Je me souviens seulement que je me servis trois fois de mon revolver. Sans résultat d'ailleurs. L'épisode suivant se déroule place de la Concorde, où je retrouvai Maurice Schumann. Peut-être avais-je rendez-vous là avec lui ? Nous avançons au milieu de la place. Des coups de feu continuent à crépiter des fenêtres du ministère de la Marine. C'est à ce moment que je me rendis compte qu'une de ses colonnes avait été endommagée. C'était très beau, ce palais qui crachait le feu et la fumée. Les Allemands avaient installé une ou deux mitrailleuses sur le toit, avec lesquelles ils balayaient la place. Il était donc dangereux d'y être. Je puis, de ce fait, témoigner que Maurice Schumann est un homme parfaitement brave. Je l'ai vu avancer le pistolet au poing au-devant du feu, sans une hésitation, comme s'il allait prendre à lui tout seul le ministère de la Marine. J'étais à côté de lui, faisant aussi bonne figure que possible, mais ne pouvant m'empêcher de penser qu'il serait bien dommage d'être coupé en deux. L'image est très précise. Maurice Schumann était vêtu d'un uniforme anglais ; il était long et maigre, le visage très coloré. Tout le temps que nous sommes restés ensemble, ce jour-là, nous avons causé. Je ne me souviens plus de ce que nous avons dit, mais je suis certain d'une chose, c'est que pas une seule fois, au cours de ces dangers, nous ne nous sommes tutoyés. Je vois le profil de Maurice Schumann, ses lunettes, son sourire ironique ; je le vois serrant son gros revolver d'ordonnance dans sa grande main.

Après cela, c'est de nouveau le néant. La place de la Concorde est soudain envahie par la foule. Les mitrailleuses du ministère de la Marine tirent une dernière rafale. La foule s'enfuit. Elle revient. On reconnaît Maurice Schumann, on l'acclame. On jette des bouquets dans sa jeep, qui en peu de temps se met à ressembler à un char de la fête des Fleurs. C'est la première fois que j'observe un homme célèbre en proie à la célébrité. Il s'en tire très bien, ma foi, un peu comme un écrivain à une vente de charité.

Au tableau suivant, nous remontons les Champs-Élysées déserts dans la jeep fleurie. Des coups de feu partent des toits. Il y a une halte à l'Étoile, au coin de l'avenue Victor-Hugo, où la fusillade est forte. Mon compagnon et moi nous abritons derrière un char ou un camion stationné là. Puis nous reprenons notre route. Nous allons place Victor-Hugo. C'est un pèlerinage. Maurice Schumann veut revoir la maison de son enfance. Là aussi il est reconnu et fêté. Dans mon souvenir, nous sommes tous deux debout sur la jeep. La place Victor-Hugo est noire de monde. Cela ressemble pour moitié au départ de Gambetta en ballon et pour moitié à l'arrivée du vainqueur d'une course d'automobiles.

Je suppose que c'est en compagnie de Maurice Schumann que je me rendis ce jour-là à la Préfecture de police. En effet je possède une photographie nous représentant, Clara, lui et moi, avançant d'un pas conquérant sur le boulevard du Palais en plein soleil. Clara a des joues toutes rondes et un grand sourire. Elle porte, enfilée dans sa ceinture, une grenade allemande à manche de bois. Je suis au milieu du groupe, très long, très maigre, fort laid, la pipe au bec. Nous sommes luisants de sueur. Je crois reconnaître au second plan un camarade de résistance dont je ne me rappelle que le pseudonyme : Félix, petit homme roux et gras, pour lequel j'avais de l'amitié.

La Préfecture de police commençait déjà à nettoyer sur ses murs et autour d'elle les traces de la guerre. Les agents de garde aux portes étaient toujours en armes, mais je leur trouvai un air plus civil que la veille. L'insurrection était finie pour eux. Une nouvelle autorité allait s'établir avant la fin de la journée ; ils réintégraient leur peau de défenseurs de l'ordre, après avoir été les grands instigateurs du désordre. Je retrouvai la musique des Gardiens de la paix à l'endroit même où je l'avais laissée. Les salons du préfet étaient encore plus remplis que la veille. Je notai que le nombre d'inconnus élégants avait augmenté. Décidément la paix prenait le pas sur la guerre, et il était impossible que cela ne m'attristât pas. D'où venaient ces freluquets ? Je les considérai sans tendresse. Ils appartenaient à un monde situé aux antipodes du mien. Qu'avaient-ils fait pendant les années de résistance ? Rien de dangereux certainement. Ils avaient coqueté avec les ministres de Vichy, ou prospéré dans l'ombre propice des comités d'organisation. Ils étaient bien élevés et dédaigneux ; ils portaient de beaux costumes bleus à rayures blanches, des cravates de soie, des chaussures brillantes. C'est pour eux que nous avions tant peiné, pour eux que nos copains étaient morts.

J'eus là tout à coup, avec acuité, un avant-goût de l'après-guerre. Je compris comment les combattants allaient être éliminés, comment ils allaient devenir d'*anciens combattants* impuissants et râleurs, pleins de souvenirs et de regrets. Notre temps était bien révolu. Les choses vont vite, en Histoire ! Je crois bien que c'est ce jour-là que je me jurai à moi-même, malgré le dépit et la tristesse que j'éprouvai à voir que l'on nous volait ainsi notre victoire, de ne jamais être un ancien combattant, d'oublier autant que je le pourrais toute cette aventure, d'en parler le moins possible dans la suite, bref de me métamorphoser en civil, serment plus facile à faire qu'à tenir, comme on verra. La France libérée était un beau gâteau qui n'était point destiné à ceux qui l'avaient fait cuire. « C'est ainsi que va le monde, me disais-je avec mon esprit de vingt-quatre ans, et je suis un peu trop jeune, un peu trop insouciant aussi pour planter mes dents dans ce gâteau-là. »

Nonobstant, je marchai dans les salons préfectoraux de long en large. J'accentuai, par provocation, tout ce qui, en moi, empestait le fifi. Je n'avais pas de cravate. Ma chemise était sale, je ruisselais de sueur ; mon pantalon faisait des poches aux genoux et mes souliers étaient poudreux. Je tenais mon veston ouvert, de sorte qu'on pouvait admirer la crosse de mon revolver sur mon ventre. J'avais conscience de représenter à cette fête ratée une douzaine de mes camarades morts. Moi-même, il s'en était fallu d'un cheveu, naguère, que je n'eusse été fusillé ou envoyé à Dachau. Que dis-je, il me semblait que j'incarnais toute la résistance française, tous ces souvenirs d'héroïsme, de fraternité, de complicité avec le peuple français. Voilà qu'il n'y avait plus de fraternité. Voilà que les souvenirs étaient soudain relégués au rang des choses mortes et inutiles. Comme disent les historiens : une page se tournait. Mais ce n'était pas moi qui tournais la page.

L'arrivée du général de Gaulle s'est fixée dans mon esprit comme une photographie en couleurs. Il entra, suivi de quelques militaires, et resta sur le pas de la porte. Tout le monde s'était porté vers lui. Comme je voulais à tout prix voir ce héros, je m'étais arrangé pour être au premier rang. Je fus frappé par sa taille, par la hauteur de son képi, par sa maigreur, par la blancheur de son teint, par la sévérité de son expression. Il serra quatre mains en tout, dont la mienne, ce qui me remplit d'orgueil. M. Luizet lui adressa une harangue. Il répondit sans doute quelques mots — encore que je me rappelle surtout son mutisme et sa froideur. Cette froideur glaça l'assistance. Aujourd'hui, elle me semble bien légitime. Le Général devait avoir horreur de cette chienlit. Nous aurions aimé des attendrissements, des paroles chaleureuses, des larmes, bref de la rhétorique. Mais, Dieu merci, ce n'était pas son genre. Il nous donna quatre poignées de main, et deux mots prononcés du bout des lèvres. Attitude parfaite. Attitude de grand homme, qui me remplit d'admiration vingt ans après, mais qui sur le moment me découragea.

Après cette courte entrevue, le Général fit demi-tour et s'en alla. Je descendis derrière lui, tenant Clara par la main. Je ne voulais pas quitter de Gaulle si vite. Notre cabriolet était rangé sur la place Lépine, en face du Palais de justice. Lupin nous y attendait. A ce moment la voiture du Général, une Citroën noire, passa devant nous. Lupin, qui était un conducteur admirable, démarra instantanément et, après quelques acrobaties, se faufila à la troisième place derrière elle. Le chauffeur du Général allait très vite, ainsi que la voiture qui suivait. Mais à aucun moment nous ne nous laissâmes distancer. Nous étions tous les trois très excités par cette course qui dura plusieurs minutes. Paris était loin d'être calme, et mon souvenir le plus précis, c'est que le cortège fut abondamment mitraillé sur le parcours qu'il emprunta. Les tireurs des toits s'en donnèrent à cœur joie. Notre cabriolet était la seule voiture découverte ; il est très remarquable que nous nous en soyons tirés indemnes. Je me rappelle aussi nos rires et notre amusement. Puis de Gaulle arriva rue Saint-Dominique, au ministère de la Guerre où il se rendait. Nous le vîmes descendre de sa Citroën, et notre voyage prit fin à ce moment.

Tel est mon dernier souvenir de la libération de Paris : celui d'une porte qui se ferme. Clara, Lupin et moi, nous regardons cette porte close. Nous n'avons plus d'ordre. Nous n'avons plus rien à faire. Nous sommes démobilisés.

Le lendemain, Clara, pour inaugurer la vie civile, alla chez le coiffeur. « Qu'avez-vous dans les cheveux ? dit le coiffeur. Je n'arrive pas à vous rincer. C'est gras et noirâtre. Je n'ai jamais vu cela. Ma parole... c'est de la poudre ! »

Tout ce que je retirai de la libération de Paris, outre la valise de l'hôtel Meurice et le pistolet de Pierre Bourdan, ce fut une grosse mitraillette allemande à chargeur parabolique, un mousqueton d'infanterie et une douzaine de grenades. Je conservai quelques années cet arsenal, ou plutôt ces trophées, dont j'étais on ne peut plus fier. Je les transportai de déménagement en déménagement, avec le peu de meubles que je possédais. Mais il semble que la nature s'acharne particulièrement sur les engins de mort. Mes armes commencèrent à se piqueter au bout de quelques mois, puis la rouille les envahit. Accrochées au mur, elles me donnaient, par leur dégradation progressive, une leçon sur le destin, sur la gloire, sur les actions des hommes. Chaque semaine qui passait laissait sur le canon bleuté du lebel un point brunâtre. Ce fusil était l'emblème de mes passions. Je le voyais se couvrir de lèpre. Cela avait été une arme dangereuse; cela devenait une vieillerie. Et moi-même, qu'étais-je en train de devenir ? Une espèce de demi-solde. J'avais bien raison de me méfier de la paix et de la vie civile; j'avais bien raison d'en être effrayé. Elles étaient encore pires que je ne l'imaginais.

Mes camarades de *Libération* ne m'aimaient pas beaucoup. J'avais, il est vrai, toutes sortes de défauts insupportables. Je bavardais à tort et à travers ; j'étais bruyant ; je faisais des mots d'esprit qui étaient bons quelquefois et dont je riais de fort bonne grâce ; je professais une grande confiance dans mes capacités qui ne s'étaient pourtant guère montrées jusqu'alors ; je prenais pour confident le premier venu ; enfin je paraissais ambitieux sans l'être le moins du monde, résultat habituel des vantardises. La méfiance de mes camarades me chagrinait, car moi je les aimais de tout mon cœur. C'était mes frères d'armes ; je me serais jeté au feu pour eux. Je ne concevais pas qu'ils ne me rendissent point mon amour et qu'ils me cantonnassent obstinément dans les emplois subalternes. Je sentais qu'il y avait en moi de la ressource, je m'indignais qu'on laissât végéter un garçon aussi brillant. Je tâchais d'ouvrir leurs yeux en expliquant naïvement que j'étais très supérieur. Je me suis bien enferré, ainsi, pendant deux ou trois ans.

« Libération » était un mouvement progressiste qui avait même certaines attaches avec le parti communiste. Pour moi j'étais d'une naïveté et d'une ignorance complètes en politique. C'était un grief de plus que l'on nourrissait contre moi, sans me le dire. Je ne savais pas que j'étais un jeune bourgeois et que jamais je ne laverais ma misérable nature de ce péché originel. J'avais beau, de confiance, tenir des discours révolutionnaires, proclamer mon admiration pour les francs-tireurs-partisans, réciter des poèmes d'Aragon (pour cela je ne me forçais pas, c'était de l'excellente poésie) ; j'avais beau répéter quelques formules marxistes, il me manquerait toujours d'avoir appartenu aux « Jeunesses communistes » ou à la rigueur aux « Jeunesses socialistes ». Je me rends bien compte, aujourd'hui, que « Libération » ne m'a jamais vraiment accepté dans son sein. J'étais un étranger ; je n'étais pas de la même nature que les autres. Je tutoyais tout le monde, certes ; on m'appelait affectueusement Arthur ; j'existais ; j'étais même un petit personnage ; mais il n'y avait aucune familiarité profonde entre mes amis et moi.

Ma présomption et mon aveuglement étaient incroyables. Lorsque l'Assemblée consultative se forma, l'on attribua à chaque mouvement de résistance quelques sièges. « Libération » en obtint quatre ou cinq. Je crus sincèrement que l'on me désignerait pour occuper l'un d'eux. Ce n'était que le début de mes déceptions. De jour en jour, je rabattais de mes ambitions. On oublia même de me proposer pour la médaille de la Résistance, qui fut distribuée à tout le monde, jusqu'au dernier des plantons recruté quinze jours avant la délivrance. Je crois me rappeler que cet oubli me peina, ce qui est bien risible ; mais j'étais fier et je me serais fait hacher plutôt que de solliciter ce ruban.

A la vérité, on ne savait que faire de moi. J'étais étrangement incapable. Je n'avais aucun diplôme, je ne connaissais rien du monde. J'étais même inapte à faire un journaliste. On m'avait assigné, dans l'immeuble de *Paris-Soir,* qui était devenu l'immeuble de *Libération,* un bureau au cinquième étage, donnant sur la rue du Mail, et l'on m'avait décoré du titre d'administrateur adjoint du journal. J'en suis encore à me demander ce que l'on voulait que je fisse dans ce poste. Du moins personne ne prit jamais la peine de me le dire, pendant les huit ou neuf mois que je l'occupai. Mon seul travail effectif consistait à me rendre le mardi matin à l'assemblée hebdomadaire de la Fédération de la Presse, où je bâillais pendant trois heures. Le reste du temps, je le passais à ne rien faire devant mon téléphone, ou je dictais des lettres sans importance à ma secrétaire, jeune fille maussade à force de timidité, frisottée, le teint gris, qui s'appelait Geneviève et qui était fiancée à un voyou, lequel, lorsqu'il s'informait de moi auprès d'elle, ne m'évoquait jamais, paraît-il, que sous le sobriquet de « Tête de loup ». Pourquoi Tête de loup ? A cause de mes cheveux, sans doute, qui étaient fort abondants et bouclés. J'étais payé une misère. Mes souvenirs les plus aigus de pauvreté datent de ce temps-là.

Vers la fin du mois d'août 1944, il fallut rendre à son propriétaire l'appartement de cocotte de l'avenue Victor-Emmanuel-III où nous avions été si heureux. Plus de lit rose, plus de satins mauves, plus de peaux d'ours ! Nous nous installâmes dans un logement plus en rapport avec ma condition nouvelle. C'était un meublé de trois pièces au n° 10 de l'avenue de Lamballe, non loin de la célèbre clinique du docteur Blanche où fut soigné quelque temps Gérard de Nerval. L'avenue de Lamballe est une rue droite, en pente, qui joint le quai de Passy à la rue Raynouard, bordée de maisons construites vers 1930, donc assez laides, en pierre pauvre, avec de vilains ornements et des balcons en fonte ouvragée. De mes fenêtres au quatrième étage, on ne voyait même pas la Seine. Je payais pour cela un loyer de treize cents francs par mois. Nous restâmes là jusqu'en avril 1945, soit huit mois, qui sont peut-être les plus tristes de ma vie. Je ne puis me rappeler les pièces de cet appartement que dans la pénombre, alors qu'elles devaient sans doute être assez claires. C'est que ma vie était si sombre alors que cette coloration sentimentale s'étend aux lieux que j'ai hantés et les a fixés ainsi à jamais dans mon souvenir. L'ameublement et la décoration étaient affreux. Peinture grisâtre ou caca d'oie sur les murs, papier à rayures et à fleurettes, brise-bise en dentelle. Dans notre chambre, il y avait un grand lit de cuivre avec un couvre-lit en filet, et des meubles incommodes, incrustés de cuivre, fabriqués vers 1890. Les doubles rideaux circulaient sur une grande tringle de bois. J'entends encore le bruit de danse macabre des anneaux de bois lorsqu'on les tirait d'un coup sec. Les seuls meubles convenables étaient quatre fauteuils louis-philippards recouverts de velours frappé jaune, dans le salon. Je n'eus de cesse que je n'eusse obtenu du propriétaire de reléguer dans un débarras tout l'ameublement du salon, à l'exception des quatre fauteuils. Partout où j'ai séjourné, j'ai tenté ainsi, avec les moyens du bord, d'améliorer le décor, de le rapprocher de mon âme, si éloigné qu'il en fût, d'y imprimer, si légèrement que ce soit, ma forme. Je suis extrêmement sensible à ces bêtises-là. Un endroit absolument laid me plonge dans le désespoir. C'est comme s'il n'était pas humain ; il me semble que je suis en prison. D'ailleurs je ne suis pas exigeant ; je ne demande pas le mobilier de Versailles ; un seul objet me suffit, à condition qu'il soit joli ou élégant ; il rachète le reste. Je ne vois plus que lui. La laideur, j'entends la laideur totale, sans recours, pour moi c'est l'exil. Je me suis toujours fort attendri sur le pauvre artiste Ovide, habitué aux splendeurs exquises de Rome et sachant en jouir, exilé chez les Scythes où il ne voyait que de grossières cabanes en bois et des femelles ignobles. Il me semble que les quatre fauteuils louis-philippards m'ont beaucoup aidé à supporter l'appartement de l'avenue de Lamballe et que, sans eux, j'y aurais été tout à fait malheureux.

A force de changer d'identité, j'avais presque oublié mon nom. Depuis deux ans, je m'étais appelé Frédéric, Joseph Désert, Martial Daru (pour l'amour de Stendhal, qui avait un cousin grenoblois de ce nom, aimable chenapan « sans tête ni esprit », mais bon cœur), André Cordier, Bénin, Laclos (excusez du peu !) et surtout Arthur. Il fallait redevenir Jean Dutourd. Fade perspective ! Je l'avais bien perdu de vue, celui-là ! Je l'avais en quelque sorte abandonné en 1942 sans beaucoup de regrets. Il ne m'apportait guère de satisfactions. Collé aux examens, sans le sou, tâtonnant dans les obscurités de l'adolescence, me raccrochant à une vocation d'écrivain qui se manifestait surtout par le dégoût de faire quoi que ce fût d'autre, j'avais été bien content de trouver la patrie en danger. Le devoir, c'est quelquefois bien commode. Il est écrit là-haut sans doute que je ferai tout au rebours des autres. Les jeunes gens, d'ordinaire, sollicitent des sursis pour avoir le temps de tailler leur place dans le monde. Moi, je demandais à la guerre un sursis à mon entrée dans le monde. Le désordre, qui effraye les personnes sérieuses et prévoyantes, me plaisait, à moi. Il était accueillant, il était chaleureux, il était créé tout spécialement pour moi. Je savais déjà, ou je sentais, à cette époque, que je ne pourrais jamais m'accommoder des catégories habituelles, que je serais incapable de me « faire une situation », que les règles sociales n'entreraient jamais dans ma tête ; elle y était aussi réfractaire qu'à la géométrie ou à l'algèbre.

Ma foi, il faut dire les choses comme elles sont. J'ai aimé la Résistance pour des raisons élevées et pour des raisons égoïstes. Passons sur les raisons élevées ; elles vont de soi : la patrie malheureuse, la fierté, l'horreur de l'occupant, le sentiment de retrouver la liberté et l'honneur en reprenant les armes, etc. On lit tout cela dans des dizaines de livres publiés depuis vingt ans. Je l'ai moi-même raconté ailleurs, un jour que j'étais en veine de lyrisme. Les raisons égoïstes sont moins connues et plus curieuses. La Résistance, lorsque je m'y enrôlai, ce fut un métier que l'on m'offrit et que je n'espérais pas. Ma petite femme et moi, nous végétions assez misérablement, quoique travaillant comme des bêtes. D'un jour à l'autre, notre situation changea. Nous entrâmes dans une société organisée, où l'on avançait vite, car on y mourait beaucoup, comme à la guerre. Je n'étais rien ; en trois mois, je devins quelque chose. J'avais des responsabilités et des subordonnés ; on me confiait un budget à administrer ; j'étais un fonctionnaire clandestin appointé. On me pardonnera de donner ces détails, mais ce sont les plus intéressants, selon moi, quoiqu'on ne les voie jamais nulle part. Je ne dis pas que j'entrai dans la Résistance par goût du lucre : tout au contraire, je n'imaginais même pas que je pusse être payé pour me faire tuer ; mais il est de fait que lorsqu'on me déclara que je toucherais trois mille francs par mois, et Clara deux mille, je sautai de joie. C'était un très joli salaire pour l'époque, infiniment plus que je n'avais jamais eu, à peu près la solde d'un capitaine. Capitaine à vingt-deux ans, cela m'allait comme un gant. Je ne doutais pas que je serais général l'année prochaine.

Jusque-là, j'avais liardé, vécu comme un rat, me privant de tout, mourant de faim, coincé à Paris dans un appartement qu'on nous avait prêté, donnant des leçons de n'importe quoi à vingt-cinq francs de l'heure, passant vaille que vaille à la Sorbonne les certificats d'une licence de philosophie qui m'assommait et à laquelle je ne croyais pas une minute. Soudain la vie s'élargissait singulièrement. Je n'étais plus obligé de compter. Outre mon salaire, on m'allouait des frais exceptionnels pour me loger, pour voyager, pour aller dans des restaurants qui me changeaient agréablement de mon régime. Ces petites commodités, inconnues de moi jusqu'alors, me remplirent d'orgueil. Pour finir, j'occupais un poste qui me paraissait important, je commandais, j'organisais, j'inspectais, je dictais des notes de service en style napoléonien, je me donnais une peine du diable. Peu s'en fallait que je ne crusse que je sauvais la patrie à moi tout seul. J'étais très fier d'appartenir à une minorité de braves qui vivaient dans le péril. Il m'était bien dur d'être discret ; j'aurais voulu crier à tout le monde : « Je suis un résistant, je fais des choses dangereuses pour lesquelles on me paye très cher, admirez-moi ! » Bref, je prenais une fameuse revanche sur mon enfance et ma jeunesse. Mes aînés, qui m'avaient ennuyé pendant dix-huit ans, qui m'avaient fait la leçon, qui m'avaient jugé, laissaient périr leur monde et leur société dont ils étaient si vaniteux. C'était moi à présent qui étais en train de reconquérir ce monde et de tirer cette société du chaos.

La Résistance, c'était la Légion étrangère. On ne vous demandait rien quand vous vous engagiez, sinon d'être courageux et bon patriote, choses faciles, choses auxquelles on ne pensait pas tant elles étaient évidentes. Moyennant quoi, vous entriez dans une administration secrète qui doublait l'administration officielle, et même qui avait plus de réalité que celle-ci. L'armée de Vichy, les fonctionnaires de Vichy, l'appareil de l'État vaincu n'étaient que des ombres éphémères. Nous existions bien davantage, nous que personne ne connaissait. Nous étions des préfets clandestins, des directeurs de services publics, parfois des ministres. La véritable armée intérieure de la France, c'était l'Armée secrète, les maquisards, les F.T.P. Nous avions mis en place notre propre État, qui fonctionnait à côté de l'autre, dans l'ombre, et qui avait tout l'avenir devant lui. Vichy était condamné à plus ou moins brève échéance ; nous étions la France de demain. Nous étions aussi la France de ce moment-là, car nous pénétrions très profondément dans le peuple. Dans chaque ville, des dizaines ou des centaines de patriotes nous nourrissaient, nous logeaient, accomplissaient pour nous des missions locales. Je me rappelle, pour ma part, un réseau d'amis ou, comme on disait, de sympathisants, à Bourg-en-Bresse en 1943. Je me rendais là tous les quinze jours, car nous y possédions une imprimerie clandestine où j'apportais les galvanos de *Libération*. Je mangeais des platées de lard et de jambon chez le maçon Groboz, qui fut tué dans le maquis du Vercors. Rue du Gouvernement, une brave femme me préparait de bons bols de café au lait, accompagnés de tartines de pain bis. Ces gens qui ne me connaissaient guère me recevaient comme l'enfant de la maison ou comme le soldat en campagne ; ils me faisaient fête, ils m'interrogeaient sans fin sur de Gaulle, sur Londres, sur la guerre, sur le sort qui nous attendait. Moi qui n'avais jamais fait autre chose que de lire des livres, je découvrais le « pays réel » avec une sorte d'ivresse ; je ne m'en lassais pas. J'allais à Bourg, à Montélimar, à Toulouse, à Auch, à Marseille, à Limoges où, peut-être, la Gestapo m'attendait, comme je serais allé à des parties de plaisir, animé d'une curiosité et d'un intérêt inlassables pour les personnes que j'y rencontrerais. J'ai gardé un souvenir charmant de ces voyages, des trains qui n'étaient pas chauffés l'hiver et dans lesquels on étouffait en été, des patrouilles allemandes qui traversaient les couloirs et ouvraient les valises des voyageurs, en oubliant les miennes qui étaient pleines de tracts ou d'armes, des salles d'attente lugubres dans lesquelles je dormais d'un sommeil que je n'imagine plus aujourd'hui. Prendre le train était une aventure pleine d'imprévu ; il arrivait toujours avec un retard de plusieurs heures ;

on y faisait la connaissance de toutes sortes de gens captivants, amis qui se confiaient à vous, ou ennemis dont il fallait se méfier avec vigilance. Je m'étais laissé pousser la barbe, laquelle était blonde et frisottée comme de l'endive ; j'avais acheté de grosses lunettes d'écailline munies de verres blancs et je posais par-dessus tout cela un vieux chapeau de feutre bosselé. Je trouvais admirable ce déguisement qui, en vérité, puait le résistant à cent mètres, qui en était quasiment l'uniforme. Il est étrange que la police allemande ne m'ait jamais arrêté sur ma mine.

Quand par hasard je revois des gens qui m'ont connu à cette époque, ils me racontent sur moi des anecdotes qui me surprennent et que j'ai tout à fait oubliées. Il paraît que j'étais d'une témérité ridicule, qui faisait trembler mes compagnons. L'un d'eux, chef d'état-major de l'Armée secrète, que je fus chargé de convoyer de Briançon à Lyon, afin qu'il prît un avion pour Londres, me dit par la suite que ce voyage qu'il fit en ma compagnie fut l'une des épreuves les plus pénibles de son existence. Nous transportions des armes dans nos bagages. L'une des mes facéties fut de faire coltiner ces bagages par un soldat de la Wehrmacht à travers toute la gare de Perrache. C'est le beau moyen que j'avais trouvé pour être sûr qu'on ne nous fouillerait pas. Je ne rapporte pas ce détail avec complaisance, mais plutôt avec curiosité. J'ai une peine extrême aujourd'hui à concevoir ces excentricités, qui me paraissent méprisables. Je serais un chef, je punirais sans pitié celui qui s'y livrerait. Au fond, je ne savais pas ce que c'est que le danger. La Résistance, qui était une affaire sérieuse et souvent mortelle, m'apparaissait sans doute bien davantage comme une espèce de jeu de gendarmes et de voleurs. J'étais un jeune Gaulois, évidemment avec tous les défauts de cette sotte race. En vieillissant, Dieu merci, je suis devenu un peu plus romain, c'est-à-dire raisonnable.

Le contraste entre cette vie si amusante et ce que je trouvai après la Libération était si grand que d'abord je ne l'aperçus pas. Je n'avais pas changé, moi, et à l'âge que j'avais les seuls changements auxquels on prenne garde sont intérieurs. On jette à peine les yeux sur le monde. Pendant plusieurs mois, je conservai mes idées de guerrier et mes façons de soudard. Cela ne contribua pas, comme on peut penser, à me faire bien venir de mes camarades qui, étant plus vieux que moi, moins ignorants et plus heureux dans leurs entreprises, s'accommodèrent aussitôt du monde pacifique, non plus que de mes nouvelles relations qui n'avaient pas connu la résistance active et ne se sentaient aucune familiarité avec moi. Je me cramponnais à mon proche passé. J'avais même de la répugnance à abandonner mon nom d'Arthur, qui était celui sous lequel j'avais accompli quelque chose. J'étais un attardé. J'étais aussi un mécontent. Toujours ambitieux dans mon for intérieur, espérant toujours que le vent allait tourner, que l'on reconnaîtrait enfin mes services et que l'on rendrait justice à mes qualités éminentes, je ne faisais rien cependant qui pût m'être utile. Au contraire, je me plaisais dans la compagnie de ceux qui avaient été mes subordonnés naguère, et que l'on avait encore plus oubliés que moi. Nous ressassions nos prouesses et nos griefs, nous buvions des chopines de blanc dans les bistrots, nous échafaudions des projets stupides, nous caressions des chimères, nous n'en finissions pas d'admirer comme on nous avait proprement écartés de la fête. Tout après-guerre a connu de ces conciliabules stériles et désabusés.

Voilà encore un trait significatif de moi. Je me suis toujours plu bien davantage dans la société des obscurs, des subalternes, que dans celle des patrons et des chefs. Avec ces derniers, je suis mal à l'aise, peu causant, un diable me pousse à dire des insolences dont je me repens une heure plus tard. Avec les premiers, au contraire, je suis tout à fait naturel, gentil, de plain-pied, humain en un mot. C'est sans doute parce que je sens qu'ils m'apportent des vérités sur l'homme. Leur néant social les empêche de poser longtemps et surtout d'avoir des préoccupations ennuyeuses. Ils sont beaucoup plus près de leurs sentiments que les puissants et, quand ils sont tourmentés, ce n'est pas pour des abstractions, mais pour des réalités : santé ou argent. Enfin il y a là de ma part une question de caractère. Je souffre d'un orgueil mal placé, qui s'est fort atténué, tant je l'ai combattu, mais qui était dans toute sa vivacité lorsque j'avais vingt-quatre ans et nulle expérience de la vie. La présence, dans une compagnie où je me trouvais, d'une personne qui m'était supérieure par la position, par la réputation ou par l'esprit, m'irritait. Loin de voir en elle un allié possible, capable de me comprendre et de m'aider, loin de chercher à me concilier ses bonnes grâces, je la considérais avec arrogance. Je me mettais sottement sur un pied d'égalité avec elle. J'éprouvais à son égard un sentiment fait d'envie, de rancune, de répulsion ; je songeais aigrement à ma propre supériorité qui passait inaperçue et qu'on serait bien obligé de reconnaître plus tard. Bref, j'étais un lion rencontrant un autre lion, et plus prêt à le déchirer qu'à s'associer avec lui.

Je retrouve dans mon carnet de 1945, à la date du 25 janvier, une phrase qui m'en dit long aujourd'hui sur ce que j'étais alors : « D'où vient qu'une espèce de fatalité m'entraîne à dire des impertinences au général J... chaque fois que je le rencontre ? » C'est là un bon exemple des enfantillages qui m'ont fait tant de tort. Ce J... était l'un des rares généraux F.F.I. qui furent « homologués ». C'était un garçon d'assez bonne tournure, musicien dans le civil, si j'ai bonne mémoire. J'avais été quelque temps sous ses ordres et, si ensorcelé que je fusse par la gauche, je m'étais quand même aperçu que ce qui faisait sa principale qualité, c'était d'appartenir au parti communiste et de ne jamais transiger sur la doctrine. Chef assez terne au demeurant, sans esprit et sans fantaisie, pour lequel je n'éprouvais pas le moindre respect. Je suppose, à distance, que J... personnage falot et appliqué, était une de ces heureuses médiocrités qui ne font peur à personne et sur la tête desquelles on ne se lasse pas d'entasser les honneurs, car on sait qu'elles resteront toujours dépendantes. Pour aller au fond des choses, quoique j'en rougisse aujourd'hui, je dus ressentir quelque envie et quelque dépit, malgré la différence de nos conditions, lorsque je sus que J... était confirmé dans son grade. Non seulement cela : on le bombarda chef d'état-major de quelque chose, puis député à l'Assemblée consultative. Cette carrière brillante me remua sûrement la bile, d'où mes impertinences, qui devaient paraître bien risibles à cet heureux homme. Mais à cette époque, hélas ! j'étais tout tourné vers le dehors ; j'accueillais toutes les passions dans mon cœur ulcéré ; tout ce qui arrivait de bon à autrui me paraissait une injustice, effet ordinaire des déceptions et de l'aigreur qu'elles causent. Je pense toutefois que mon insouciance corrigeait un peu ces vilaines dispositions. Du reste, le ciel me secourut bientôt en m'envoyant une petite démangeaison d'écrire, grâce à quoi je réintégrai mon âme. Je veux dire que ces passions misérables s'éloignèrent de moi.

Je m'ennuyais à crever dans mon bureau de *Libéra-*

tion. Nul dossier, nul papier n'y arrivait ; nul papier n'en repartait. Comme je n'étais bon à rien, personne ne s'avisait jamais de me demander le moindre travail un peu sérieux. Les quelques mètres carrés de ce bureau étaient une sorte de terre maudite. L'immeuble de *Libération* bruissait du haut en bas. Dans la salle de rédaction, les journalistes tapaient à la machine ; au marbre, les linotypistes composaient le journal ; les rotatives ronronnaient dans le ventre de la maison. Il y avait un va-et-vient perpétuel de gens affairés dans les couloirs. Cette joyeuse activité, qui devait être fort satisfaisante pour le cœur et pour l'esprit, qui éveillait des idées d'ordre, d'économie, de diligence, expirait sur le seuil de mon bureau, où régnaient l'oisiveté et le silence. J'errais dans cet espace exigu comme une ombre malheureuse, me levant et me rasseyant cinquante fois par heure, me mettant inutilement la cervelle à la torture pour trouver une occupation. Mes seuls amis étaient les cyclistes du journal, les huissiers et quelques typographes qui voyaient que j'étais un brave garçon et qui appréciaient ma bonhomie. Elle les changeait des façons hautaines et du ton supérieur des hommes de gauche qui étaient leurs patrons. Le gérant de l'immeuble, M. Fatien, qui n'appartenait pas à *Libération,* m'aimait bien. Il venait me voir de temps à autre et me faisait un brin de causette. Pour me consoler, peut-être aussi parce que mon vain titre d'administrateur adjoint lui en imposait, peut-être enfin parce qu'il subodorait que je n'étais pas de la même race que ces nouveaux venus marxistes qui ne lui plaisaient guère, il s'était mis en tête de me meubler somptueusement. Il fit transporter de ses greniers un fort beau tapis d'Orient, des fauteuils de cuir, un guéridon et un bureau d'acajou. Il ajouta même un poste de radio, ce qui me parut le comble du luxe. Ces splendeurs m'attirèrent des visiteurs auxquels je montrais naïvement mes trésors, lesquels, en effet, me consolaient de me tourner les pouces. Je les admirais toute la journée.

Je n'en jouis pas longtemps. Au bout d'un mois on s'avisa que j'occupais un local bien trop beau pour mon état. On me notifia de déguerpir. Je le pris mal, comme on imagine, vu mon caractère ; j'étais horriblement vexé, je discutai, je me fâchai, je tins des propos violents qui achevèrent de m'aliéner le peu de gens qui me restaient favorables. Rien n'y fit. On eut encore la bonté de m'expliquer qu'il fallait bien loger quelque part M. d'Astier, notre directeur, qui était ministre ou député et que, de ce fait, on ne voyait guère, mais qui allait se consacrer de plus en plus à son journal. Je fus donc le Jeannot lapin de cette belette. On me relégua dans un réduit auprès duquel le bureau que je venais de quitter avait l'air d'une salle des gardes. On me fit remarquer qu'il était admirablement exposé. Sa fenêtre donnait sur la rue Montmartre, paysage incontestablement plus riant que la rue du Mail.

Mes changements de bureau, en l'espace de quelques semaines, me semblèrent du plus mauvais augure. J'avais d'abord occupé un magnifique bureau directorial, par droit de conquête, pendant deux jours ; puis on m'avait logé dans un endroit qui était encore fort présentable. Lorsque *Libération* s'organisa définitivement, je déménageai de nouveau, et j'eus le crève-cœur de voir un inconnu s'installer dans mes pénates. L'endroit que l'on m'alloua n'était pas bien fameux, mais je m'en accommodai, et je croyais en avoir terminé avec les déménagements. Après tout, bien que je fusse du mauvais côté, sur la rue du Mail, je demeurais toujours à l'étage noble, l'étage de la direction. Le réduit où j'échouai était situé sous les combles, au sixième. Il avait une cloison en contre-plaqué et s'ouvrait directement sur l'escalier. Bref, c'était le coin le plus sordide qu'on pût trouver.

J'étais tout à fait novice, mais j'avais déjà compris que la puissance des hommes, dans les sociétés ou les administrations, se mesure à la surface et au luxe des bureaux qui leur sont attribués. On se moque de Saint-Simon lorsqu'il consacre dix pages de ses *Mémoires* au désespoir d'une duchesse qui, sur l'ordre du roi, abandonne un beau logis au milieu du château de Versailles pour trois mansardes au fin fond de l'aile droite. On a tort ; ces choses-là sont le baromètre du bonheur.

Je crois me rappeler qu'on éprouva quelque honte à me confiner dans le réduit du sixième étage, et que l'on se donna la peine de me dire que cela ne signifiait rien, que c'était temporaire, que, tant que *Libération* existerait, Arthur y aurait sa place, que je n'en conserverais pas moins mon titre d'administrateur adjoint. Je fus quand même bien abattu. Mes quatre bureaux consécutifs offraient à mes yeux une image frappante de ma dégringolade sociale. J'étais dans l'état d'esprit d'un homme qui perd peu à peu sa fortune : il vend son hôtel de la rue de Varenne et va s'installer dans un appartement de cinq pièces à Auteuil ; mais ce n'est pas assez : au terme suivant, il se retrouve dans trois pièces à Grenelle ; pour finir dans une chambre sans eau courante à Aubervilliers. « Qu'est-ce qu'un bureau ? me disait-on. Tu es au-dessus de ces mesquineries. Les apparences ne sont rien. Ce qui compte, c'est la puissance qu'on a et le travail qu'on fait. » Je ne me souviens pas de ce que je répondais à ces sophismes. Sans doute feignais-je, par vanité, de les prendre pour argent comptant, mais je sais bien qu'en moi-même je n'en étais pas dupe. Je me rendais parfaitement compte, malgré mes rêveries de gloire future, que je n'avais pour le moment aucune puissance et que je ne fournissais aucun travail.

Si pauvres que nous fussions, ma femme et moi, nous n'en étions pas moins prodigues. Voici un exemple des folies que nous trouvions tout naturel de faire. Folies impardonnables, car elles étaient uniquement dictées par le désir de paraître. Au mois de septembre 1944, nous n'imaginâmes rien de mieux que de faire graver cent cartes ainsi libellées : « Jean et Camille Dutourd ont le plaisir de vous informer de l'existence de leur fils Frédéric, né dans la clandestinité le 30 août 1943. » J'ai retrouvé l'autre jour dans mes papiers l'une de ces cartes et le rouge de la honte m'est monté au front. Telles étaient donc les misères qui m'occupaient, alors que je n'avais même pas assez d'argent pour nourrir ce fils, précisément, dont je conviais le monde à admirer la naissance romanesque ! L'inconscience et l'infatuation que révèle ce faire-part ridicule me font horreur. Ah ! certes, j'ai mangé de la vache enragée, comme on dit, pendant dix ans, mais je l'ai bien mérité. J'ai eu tous les vices d'esprit des gens sans éducation, sans connaissance de la société, d'un orgueil démesuré, d'une volonté inexorable. Volonté que j'appliquais constamment à des buts funestes. Durant toutes ces années de misère, je n'ai eu de bon en moi que l'obscure prescience de ce que je pourrais être un jour. En effet, je voyais luire au fond de mes ténèbres intérieures une lumière que je savais que j'atteindrais après un chemin plus ou moins long. Chose remarquable, j'avais la certitude, quelque décevant que je fusse à l'égard des autres et surtout de moi-même, que j'accomplirais une œuvre plus tard et que cette œuvre aurait du moins une qualité : c'est que j'y consacrerais toutes mes forces.

Longtemps j'ai tiré de la fierté, malgré mon amertume, de n'avoir été à peu près jamais aidé par des aînés bienveillants, d'avoir tout fait tout seul à la force du poignet, contre l'univers hostile, sans le sou, sans protection, sans amis. Mais il n'y a pas trop de quoi être fier, à ce que je crois aujourd'hui, car je décourageais vraiment les bonnes volontés. Ma vanité me donnait un talent infernal pour jouer à l'homme heureux, content de son sort, sûr de soi, fier de sa réussite, qui ne demande rien à personne. De la sorte, tout le monde se composait un personnage en rapport avec le mien. On était faussement jovial ; on me frappait sur l'épaule en s'écriant : « Sacré Arthur ! » On s'esclaffait à mes plaisanteries ; on disait que j'étais un joyeux compagnon. J'observais sur le visage de mes amis toujours le même sourire, celui qui naît automatiquement lorsqu'on aborde un homme dont l'inaltérable bonne humeur et l'esprit de facétie sont bien connus, sourire indulgent, expectatif, prêt à se changer en un bon rire à la première saillie du pitre. Ainsi étais-je prisonnier de ma composition.

Je m'étonne que parfois on ait regardé au-delà des apparences, que l'on ait deviné de la ressource derrière mes paroles inconsidérées et mes actions si persévéramment stupides, car j'exagère, bien entendu, lorsque je dis que l'on ne m'a jamais aidé. Entre dix-huit et vingt-huit ans, j'ai connu quelques hommes qui n'ont point tenu trop compte de mes fanfaronnades et de mes pédantismes, qui ont entrevu le sérieux qui se cachait derrière — en quoi ils furent bien perspicaces ! — et qui m'ont fait gagner, quand ils le pouvaient, un peu d'argent (c'est à cela que les pauvres mesurent l'amitié véritable). Autant que je puisse en juger, ils m'ont aimé pour moi-même, avec mes défauts, sachant sans doute que seuls le temps et mon expérience pourraient les corriger. Aussi loin que je regarde en arrière, je ne me souviens pas d'avoir eu avec personne une attitude modeste, d'avoir écouté un conseil, d'avoir témoigné de la déférence. Au contraire, toujours infatué, toujours dominateur, ne me plaisant que dans la compagnie de gens qui m'approuvaient comme des disciples. Quelle étrange chose, vraiment : je croyais n'avoir pas le caractère ferme, alors qu'en réalité rien, ni les déboires, ni la misère, ni les catastrophes, ne pouvait faire plier ce caractère détestable. Plier, c'est-à-dire lui donner une meilleure forme.

Malgré les obscurités à travers lesquelles j'avançais tant bien que mal, mes désirs inconséquents, mes fausses manœuvres et même une maladroite servilité que je me contraignais à manifester parfois — et au moment le moins opportun —, j'avais un caractère trop grand pour moi ou, si l'on préfère, un caractère au-dessus de mes moyens. On me pardonnera cet aveu complaisant. Mais cela est vrai. Je n'étais rien moins que souple. Je disais brutalement ce que je pensais de tout le monde et de moi-même. Je me suis fait ainsi, conjointement, la réputation d'un étourdi et d'un prétentieux. J'avais pour mon malheur des idées originales sur une infinité de sujets, je tranchais de tout avec une parfaite assurance ; j'avais souvent raison, car mon esprit était très ferme, ce qui bien entendu aggravait mon cas. Tout bon raisonnement offense, dit Stendhal. J'offensais des gens du matin au soir, qui enrageaient d'avoir tort devant un blanc-bec comme moi. On pense bien que je ne démordais pas de certitudes que j'avais conquises tout seul, en méditant sérieusement, ou qui m'étaient tombées du ciel comme des éclairs. Je poussais vivement ma pointe, j'étendais raide l'adversaire, fort content de moi et de ces succès qui me prouvaient que, tout pauvre que j'étais et tout incapable qu'on me jugeait, j'étais plus intelligent que les autres. Je professais un orgueil intellectuel insupportable. La phrase qui revenait le plus souvent dans ma conversation était : « Un tel est un c... » Je distribuais le mépris à pleines mains. Bref, d'une certaine façon, j'étais irréductible, et il devait sans doute être difficile de m'aider. Le démon de la bonne foi et de l'honnêteté intime me possédait à fond. Ce démon-là fait très bon ménage avec la vanité ; en exprimant à chaque instant ma pensée toute nue, je supputais l'admiration provoquée chez mes interlocuteurs par ma pénétration et ma subtilité.

Comment réussir avec un pareil caractère ? C'était évidemment impossible. Je voyais autour de moi mes camarades décrocher des postes, attraper des prébendes, se caser partout. L'un était chargé de mission dans un ministère, l'autre chef de cabinet ; celui-ci partait pour l'étranger comme attaché d'ambassade ou même ambassadeur ; celui-là devenait, par la grâce du gouvernement, commissaire de la République. Un nommé Blank, avec qui j'avais été à l'école autrefois, était directeur du journal *Défense de la France,* roulait en Bentley et me reconnaissait à peine. Les plus médiocres avaient au moins obtenu que l'autorité réquisitionnât un appartement pour les loger et se prélassaient dans les beaux meubles de quelque haut collaborateur en fuite. Mon échec avait vraiment quelque chose d'exemplaire. Je soupçonnais qu'il tenait à ma nature même. Quelle nature ingrate était-ce là, et cependant mystérieusement attachante, car j'aimais bien ce que j'étais ?

Faute d'être comblé par le présent, je me consolais avec l'avenir, comme font les songe-creux. Je ne doutais pas que la mistoufle prît fin bientôt d'éclatante façon. Mon erreur, je le compris par la suite, était de confondre l'espoir avec la volonté. J'espérais avec ardeur toutes sortes d'emplois et de prospérités, mais je ne travaillais en rien pour y parvenir. J'aurais été enchanté qu'on me nommât sous-préfet de Joigny, par exemple, ou consul de France à Civitavecchia ; à la rigueur, j'aurais accepté d'être conservateur du château de Sceaux ou du musée Cognacq-Jay — encore que cela m'eût semblé un peu au-dessous de mes mérites. Je ne dépassai guère, dans ce domaine, le stade de la rêverie. Je me disais niaisement qu'à force de désirer quelque chose on l'obtient, ce qui n'était que la moitié de la sagesse. Certes, on obtient ce qu'on désire, mais à condition de le désirer vraiment, ce qui vous mène à accomplir toutes les démarches nécessaires, à avaler sans dégoût toutes les couleuvres et au besoin à faire des bassesses. Sans parler des longs travaux antérieurs, de la compétence, de l'assiduité. Mes rares tentatives dans ce sens consistaient à déclarer d'un ton léger, comme en pensant à autre chose, à quelque directeur de cabinet de ma connaissance : « Tiens, à propos, j'aimerais bien être sous-préfet. Ce serait tout à fait dans mes cordes. » Il eût été injuste et même immoral, que l'on confiât des responsabilités à un homme qui les demandait si mollement. J'étais bien un artiste : j'avais trop d'imagination et pas assez de patience. Je voulais être président du Conseil tout de suite. Alors j'ai écrit un livre. Les destins qu'on n'a pas la patience d'attendre, on les raconte dans des romans.

En rentrant le soir avenue de Lamballe, je voyais tout le dénuement de notre vie, qui m'était masqué le reste du jour par mes menues occupations, les copains avec qui je blaguais, l'attention soutenue que je portais aux événements de la politique et de la presse, comme si mon avenir en eût dépendu. Nous avions fait revenir auprès de nous notre fils qui avait un an et qui était un fort beau bébé, ayant été très bien soigné, pendant que nous faisions de la résistance, par un oncle et une tante de ma femme, puis par sa grand-mère. Je ne sais comment nous nous y prenions pour avoir en outre une bonne, que nous payions fort mal, j'imagine ; mais c'est là l'une des choses inexplicables de mon existence : j'ai toujours eu des serviteurs, même dans les pires moments de dèche. Celle-ci s'appelait Hélène. Elle avait un museau plaisant avec de grands yeux noirs ; plutôt mal tenue, et même sale, sauf quand elle se pomponnait pour sortir. Elle avait notre âge et vivait assez familièrement avec nous, couchant je ne sais où dans l'appartement. Elle entretenait des intrigues avec des soldats américains qui lui donnaient des tablettes de chocolat et des cigarettes Chesterfield.

Clara, qui était redevenue Camille, tout comme Arthur était redevenu Jean, restait toute la journée à la maison et s'ennuyait assez, la pauvrette. Mais lorsque je revenais, le soir, elle avait une façon inimitable de m'accueillir, qui non seulement me faisait retrouver sans tristesse notre logement, mais encore me donnait des ailes pour le regagner. Dès que j'ouvrais la porte avec ma clef, elle me criait, du fond de la cuisine, de sa voix claire : « C'est toi, mon chat ? » Elle abandonnait aussitôt l'ouvrage en train, j'entendais ses petits pieds dans le couloir et elle était dans mes bras. Il me semblait à ces moments que mon cœur s'ouvrait pour la recevoir, ou plutôt que deux bras me sortaient du cœur pour l'entourer. « Quand je te vois, disait-elle encore, c'est fête. » Ces paroles, qui étaient celles mêmes de l'amour, exprimaient exactement ce que je ressentais, moi, quand je la rejoignais après quelques heures d'absence. Son grand sourire, sa gaieté, ses démonstrations de tendresse étaient mon cordial. C'était encore mieux lorsque ces retrouvailles avaient lieu dans la rue, s'il arrivait que nous nous étions donné rendez-vous dehors, pour aller au cinéma par exemple, et dîner d'un film. D'aussi loin qu'elle m'apercevait, je voyais son visage s'illuminer d'un sourire infiniment tendre et joyeux ; elle accourait vers moi avec l'impétuosité d'un chien, elle m'embrassait en pleine rue sans souci des passants. Ah ! Dieu, que ces souvenirs me plaisent ! Grâce à mon amour, je ne prenais presque pas garde que je vivais les années les plus dures de ma vie. Nous dormions comme des marmottes dans le lit de cuivre, accrochés l'un à l'autre. Je lui disais que nous figurions assez bien une femme papou portant son enfant sur le dos dans une hotte, d'où l'expression, dans notre langage secret, « se coucher en papous ». Lorsque je me retournais, elle se retournait aussi dans son sommeil, et ce mouvement lui-même, qui me montrait qu'à aucun moment elle ne voulait m'abandonner, m'était doux. Le matin, il n'y avait rien de plus charmant que son réveil. Alors que tant de femmes sont maussades à ce moment-là et mettent une heure au moins avant de reprendre leurs esprits, elle, dès qu'elle ouvrait ses jolis yeux bleus, et encore tout occupée par le sommeil, elle me souriait, elle me prenait la main, elle venait se nicher dans mon cou. Et la voilà à babiller insoucieusement, à me raconter ses rêves de la nuit, au point que j'en riais et que je lui disais : « Mais c'est assommant, ça n'a aucun intérêt ! » Mais elle repartait de plus belle, riant aussi, pleine de bonheur, comme si chaque matin était le premier matin du monde. Et il l'était, en effet, pour cet être en qui le courage et la jeunesse formaient le mélange le plus séduisant, et que j'admirais, moi qui n'admirais personne.

De nous deux, j'étais toujours le premier levé. J'allais à la cuisine faire l'affreux café d'orge qu'on buvait alors et griller quelques tranches de pain grisâtre. Parfois, j'avais la bonne fortune d'y ajouter une noisette de beurre rance. Puis je disposais le tout sur un plateau et je l'apportais à ma petite épouse qui me remerciait avec effusion, comme si ce menu travail, que j'accomplissais tous les matins et qui ne m'ennuyait pas, eût été une prodigieuse nouveauté ou la marque d'un dévouement exceptionnel. Elle s'asseyait sur ses oreillers et reprenait son babillage. Nous avions là, encore, un quart d'heure charmant : nous n'étions pas pauvres, nous n'étions pas les enfants violents et maladroits de la vie habituelle qui donnaient aveuglément de la tête contre tous les murs, mais de jeunes époux immémoriaux et innocents, Daphnis et Chloé prolongeant la pastorale par-delà l'hyménée.

Pourtant la pauvreté était bien là, et elle se manifestait cruellement dans notre habillement et notre nourriture. Quand l'hiver arriva, il y eut le froid par-dessus le marché. Camille n'avait qu'une robe et un vieil imperméable. Encore la robe lui avait-elle été donnée. Le lieutenant Marceau, que j'avais connu pendant la Libération, s'était dépêché, après le 25 août, de redevenir civil ; il s'amusait à présent à commanditer une maison de couture. Il ne nous avait pas oubliés, le cher homme, et son premier soin fut de faire offrir à Camille cette robe, qui était ravissante, tout en lainage à carreaux blancs, gris et gorge-de-pigeon, et divinement coupée. Bien douillette et bien chaude, ce fut une aubaine à l'automne et en hiver. Par un heureux hasard, elle formait vaguement portefeuille par-devant, ce qui permit à Camille, qui était enceinte de

Clara, de la porter jusqu'au printemps suivant sans trop la découdre ni lui faire perdre de son chic.

Pour moi, mon vêtement était des plus ridicules, car les pauvres sont toujours habillés ridiculement. Je possédais ce complet dans lequel j'avais tant transpiré sous le beau soleil de la Libération. Il avait été confectionné l'année précédente par un tailleur lyonnais en chambre que l'on m'avait recommandé pour la modicité de ses exigences. Je ne sais comment je m'étais procuré le tissu, qui était comme les tissus de cette époque : lourd et poisseux, mi-fibrane, mi-laine de mauvaise qualité. Tout le temps froissé, avec ça. Le pantalon ne gardait pas son pli plus de dix minutes après le repassage et faisait des poches aux genoux. L'ensemble avait été ajusté de la façon la plus étrange par le tailleur lyonnais qui avait ses idées sur la mode. Le veston, démesurément long, me descendait jusqu'à la moitié des cuisses. Les épaules étaient si carrées que le bout se retroussait et que j'avais l'air d'une pagode. Caprices de la mémoire : je n'ai pas oublié ce tailleur. C'était un petit boiteux qui circulait en gilet déboutonné dans son pigeonnier miteux où stagnaient des odeurs de tambouille. Il avait le teint maladif et une voix profonde, très peu en rapport avec son exiguïté. Il habitait une banlieue perdue que l'on atteignait après un voyage de trois quarts d'heure en tram. Je revins dix fois au moins pour les essayages ; il y avait toujours quelque chose à reprendre, à « choser », comme il disait. Ce mot, qui me faisait rire, est resté dans notre vocabulaire, et Camille n'appela jamais le complet lyonnais que le « costume chosé ».

Outre le « costume chosé », j'avais une espèce de requimpette en drap bleu marine achetée Dieu sait chez quel fripier ou quelle boutique de surplus militaires. Elle n'était guère plus longue qu'un veston ; on la serrait à la taille par une ceinture. Mes rares chemises étaient effrangées au col et aux poignets. Nonobstant, je tâchais d'arranger tout cela du mieux possible, car j'étais coquet. Qui dira l'écœurement dont on est peu à peu pénétré lorsqu'on ne possède qu'un seul et unique costume ? Endosser chaque matin cette défroque, qui prend avec le temps une odeur aigrelette, qui vous colle à la peau tant la vieillesse a ciré le tissu, à laquelle on est condamné, puisqu'on n'a rien d'autre à mettre, c'est une des expériences les plus décourageantes de la misère. Et l'on ne peut même pas être propre. Les vieilles hardes attrapent les taches avec une facilité incroyable, et le teinturier est hors de prix. La pierre de touche de la misère, je crois bien, c'est le teinturier. Les vrais pauvres n'ont pas les moyens de lui confier leurs vêtements salis. Les vrais pauvres sont sales. Ils ne peuvent pas faire autrement. Je suis documenté là-dessus. Le « costume chosé », que j'ai usé jusqu'à la corde, qui avait fini quasiment par adhérer à mon corps était si mal coupé qu'il ne parvint jamais à prendre ma forme. Au dernier jour de son existence, il paraissait aussi incongru sur moi que lorsque je le passai pour la première fois, devant les yeux émerveillés du tailleur boiteux qui me disait qu'il avait réalisé là son chef-d'œuvre.

Ce que je note ici pour le costume s'applique de même aux chaussures. Je n'en possédais qu'une paire, que je voyais avec tristesse s'avachir progressivement. La semelle s'usait avec une rapidité effrayante, car je marchais beaucoup. J'en avais eu naguère une autre paire, mais je l'avais donnée, un mois avant la Libération, à un homme dont je parlerai plus loin, car cet épisode insignifiant a singulièrement marqué dans ma vie, ou plutôt dans mon âme.

Lorsque Frédéric naquit, j'avais vingt-trois ans.

J'étais un père bien jeune. Trop jeune, sans doute, car je ne vis pas dans cet événement quelque chose d'exceptionnel. A vingt-trois ans, rien n'est plus simple que d'avoir des enfants. En outre, à cette époque, j'étais plongé dans des actions nouvelles et dangereuses qui me paraissaient beaucoup plus importantes que cette banale paternité. Cependant je fus assez content que mon premier-né fût un fils, qu'il fût gros et bien constitué. Je sortais de l'enfance. Tout ce qui avait trait à l'enfance m'ennuyait, et je fus sûrement soulagé lorsque mon oncle Marcel et ma tante Suzanne nous proposèrent de prendre le petit chez eux jusqu'à la fin de la guerre. Je ne sais d'ailleurs ce que nous aurions fait, Camille et moi, de ce bébé dans notre vie chaotique. Mon oncle et ma tante, par leur générosité, nous ont tiré là une belle épine du pied.

Cette première grossesse de Camille m'a laissé de charmants souvenirs. Voici qui est curieux : je n'ai point ressenti d'émotion particulière lorsque je fus père ; en revanche, j'étais infiniment attendri par ma petite femme tant qu'elle fut grosse. C'était une belle fille ; elle portait gaillardement son enfant, mais à mesure que les mois passaient et qu'elle s'alourdissait, il me semblait qu'elle devenait très fragile. Rien ne m'émouvait autant que cette fragilité dont j'étais la cause. Je ne désirais pas particulièrement avoir des enfants — au contraire, cette fonction-là me semblait bien inutile pour un futur artiste qui se perpétuera dans ses œuvres, et je laissais dédaigneusement le soin de procréer au vulgaire —, mais j'étais heureux que cette femme que j'aimais plus que tout et qui m'aimait de la même façon eût voulu un enfant de moi et le portât. Lorsque je l'avais épousée, son corps était comme une amphore ; j'étais singulièrement amoureux de ses épaules rondes. C'était une jeune fille d'un caractère altier, avec beaucoup de flamme. Grosse, elle avait une autre séduction. Tout s'était amolli en elle, comme si déjà elle était pénétrée de douceur maternelle et comme si cette douceur rendait plus suave encore le sentiment qu'elle avait pour moi. Je me souviens d'un jour très chaud du printemps 1943 : nous l'avions passé à Grenoble ; elle s'évanouit pour la première fois de sa vie. Elle devint toute blanche. J'étais si jeune que je crus qu'elle mourait. L'amour est fait de ces grandes frayeurs pour rien qui laissent dans le cœur un étrange bonheur.

Frédéric était un très joli enfant, ai-je dit, lorsque nous le reprîmes avec nous après la Libération. Il avait de grosses joues et de bonnes grosses cuisses qui faisaient des plis ; il sentait bon l'eau de Cologne comme les bébés bien soignés. Ses cheveux étaient pleins d'épis, ce qui faisait dire à sa mère qu'il avait l'air d'un ananas. En six mois, il perdit ses bonnes joues et ses grosses cuisses. Il devint pâle et grognon. Nous avions pris l'habitude de manger si peu que nous ne nous apercevions pas qu'il était sous-alimenté. Nous étions de jeunes parents très inexpérimentés et très insouciants. Cette insouciance s'étendait d'ailleurs à nous-mêmes. Nous vivions n'importe comment. Camille, enceinte, aurait eu besoin de beaucoup de nourriture ; elle picorait comme un oiseau, et je trouvais cela tout naturel. Je calmais mes scrupules en me disant que sa grossesse lui donnait sans doute des nausées. J'étais moi-même affamé comme un chacal. Je pensais quelquefois que j'avais fait une belle folie en me mariant. Si j'étais resté sagement célibataire, je n'aurais eu à me préoccuper que de moi, ce qui eût été tout simple ; en tout cas, cela n'eût jamais pris un tour tragique. Mais j'avais à me soucier de la vie de deux êtres avant de penser à la mienne. Une pareille responsabilité, pour moi qui étais si jeune, cela me consternait quand par hasard j'y songeais. C'était au-dessus de mes forces. Être pauvre tout seul, quel rêve ! J'enviais les étudiants romantiques dans leurs mansardes. Comment ces heureux, qui n'avaient ni femme ni enfants, avaient-ils le front de se plaindre ? Dans ces moments, je n'aimais plus personne. Un démon m'aurait proposé d'abolir mon mariage et ma paternité d'un coup de baguette magique, j'aurais accepté sans hésitation.

On pouvait se procurer tout le beurre, toute la viande, tout le pain qu'on voulait en fraude, pour peu que l'on fût riche. Mais j'avais tout juste de quoi acheter les rations permises, qui étaient infimes : quatre-vingt-dix grammes de viande par semaine, un demi-quart de beurre, une livre de nouilles, etc. Pour le surplus, nous ne trouvions, avec notre porte-monnaie plat, que d'infâmes produits synthétiques, en vente libre, qui nous remplissaient l'estomac de ciment sans nous nourrir. Nous confectionnions scrupuleusement pour Frédéric des bouillies de pommes de terre et de carottes, liées avec du lait bleu, car le médecin avait prescrit ce régime. Voilà bien les méfaits de la jeunesse et de l'ignorance : nous ne songions pas qu'à mesure que les semaines passaient il aurait fallu modifier son alimentation, lui donner un peu de viande, du fromage, bref commencer à le nourrir comme un petit homme. Non. Nous nous en tenions à ces purées et à ces bouillies, impavidement, avec la fierté d'accomplir notre devoir de parents. Nous dormions beaucoup, résultat habituel de la famine. Nous dormions si profondément même que les cris de Frédéric, qui couchait dans le salon au milieu des fauteuils Louis-Philippe et qui se réveillait la nuit parce qu'il avait faim, ne troublaient pas notre sommeil. Il était de plus en plus fatigué. Son teint devenait blafard. Il avait des cernes marron sous ses yeux bleus, qui s'agrandirent. Dix fois par jour il allait se coucher devant le garde-manger, dans lequel, d'ailleurs, il n'y avait rien. Tous les trois, nous avons gardé dans notre chair la marque de ces temps difficiles.

Tant que dura l'été et qu'il fit chaud, notre existence avenue de Lamballe ne fut pas trop pénible. L'automne également fut assez supportable. Et puis nous étions encore tout pleins de nos chimères. Je pensais qu'un avenir brillant m'attendait à *Libération :* le présent était un peu rude, mais ce n'était qu'une période probatoire, après quoi on ne manquerait pas de m'offrir quelque joli poste. N'importe lequel. Je me sentais des aptitudes pour tout. Camille n'était pas moins folle que moi et s'attendait aussi à Dieu sait quel miracle. L'hiver mit fin à ces rêveries. Il n'y avait pas eu d'hiver aussi rigoureux depuis 1940, et dans cette cinquième année de guerre, la France n'avait presque plus de ressources. Le marché noir lui-même s'était appauvri. Nous n'avions pris aucune précaution contre le froid, naturellement. D'abord parce qu'il n'est guère facile à des gens qui n'ont pas le sou de prendre des précautions; ensuite à cause de notre perpétuelle insouciance. Je ne voyais vraiment pas plus loin que le bout de mon nez. Je n'allais pas jusqu'à imaginer qu'il pût faire froid en hiver, ou que nous pussions en souffrir. Nous n'avions pour nous chauffer qu'un poêle à bois, appelé « Mirus », dans le salon. Lorsque le froid s'abattit, et que nous eûmes brûlé en quelques jours la provision de bûches à laquelle nous donnait droit notre carte de combustible, il fallut trouver un expédient. Je dénichai un bougnat à qui j'achetais le bois par pièces de cinquante kilos. Il me le faisait payer quatre fois son prix et m'expliquait que je devais m'en estimer fort heureux.

Nos réveils étaient toujours charmants, encore que notre chambre fût glaciale et que certains matins il y eût du givre sur les vitres, mais Camille avait perdu beaucoup de sa gaieté. Le froid la désespérait. A mesure que la journée s'avançait, son humeur se détériorait. Nous étions bien découragés tous les deux. La Libération, sur laquelle nous avions bâti tant de châteaux en Espagne, ne nous avait rien apporté. Au contraire, elle nous avait rétrogradés. Où était la récompense de nos exploits, de nos travaux, de nos dangers ? Nous n'existions presque plus. Nous étions deux ombres faméliques. Souvent, dans la journée, Camille avait des crises de larmes que je n'étais pas là pour sécher. Elle ne m'accueillait plus avec des paroles d'amour et des sourires. Tantôt elle était morne et abattue, tantôt querelleuse et même haineuse. De quoi pleurait-elle ? De froid, de faim, de tristesse. Elle me méprisait de laisser ainsi, par incapacité, tout aller à vau-l'eau. Je prenais un air digne et offensé devant ses récriminations dont je sentais cruellement le bien-fondé. Je devais penser que j'étais bien magnanime de ne pas lui dire ce que j'avais sur le cœur : à savoir que, sans elle et son enfant, j'aurais été bien tranquille.

Autant sa précédente grossesse avait été heureuse et gaie, au milieu des dangers et de l'exaltation de la Résistance, autant celle-ci, dans la sécurité de la paix, était affreuse. Certains jours, il faisait si froid dans l'appartement que Camille restait au lit, Frédéric serré contre elle, chacun tâchant de tenir chaud à l'autre. Frédéric prenait un visage de vieillard, avec son front haut et bombé, ses yeux pensifs et la crispation que l'envie de pleurer lui mettait en permanence aux coins de la bouche. Camille avait les joues creuses et souffrait d'engelures. Ces deux pauvres êtres, ces deux têtes maigres et pâles aux regards anxieux, ces quatre petites mains rouges et crevassées émergeant de mon lit me serraient le cœur. J'éprouvais un mélange de désespoir, de fureur et de découragement. J'étais submergé par mon impuissance. J'en voulais à la société tout entière qui me réduisait à cette extrémité. Je m'en voulais à moi-même de m'être mis sur le dos une femme et un enfant que j'étais incapable de faire vivre ; j'en voulais à ces salauds de *Libération* qui me condamnaient à cet enfer. Périodiquement, je demandais une augmentation, qui m'était refusée, bien entendu.

Je connais par cœur les raisons qui accompagnent ces refus. On me les a servies toutes. Si l'on m'augmentait, cela se saurait, et il faudrait augmenter tout le monde. Le moment était mal choisi, car le journal avait précisément des difficultés de trésorerie. Ce que je touchais n'était pas si mal, après tout ; il y avait des gens qui gagnaient moins que cela. Plus tard, quand la situation serait plus stable, on verrait... etc. J'aurais pu réciter ces belles phrases par cœur. L'étonnant, c'est que je ne trouvais rien à y répondre. Demander une augmentation me mettait à la torture, moi qui étais la témérité même et ne me gênais jamais pour dire ce que je pensais. Je la demandais mal, sans doute, comme font les gens sottement fiers quand ils sont dans le besoin. Je la réclamais comme un dû, avec hauteur, avec impatience, bien qu'une voix intérieure me dît, avant même que j'accomplisse cette démarche, qu'elle échouerait, qu'il n'y avait pas la moindre raison pour qu'on m'augmentât, vu l'inutilité flagrante de ma présence à *Libération*. Je soupçonnais qu'on ne me gardait que par convenance, parce qu'on n'osait pas jeter brutalement sur le pavé un camarade de la première heure, et à qui l'on devait le plus bel immeuble des journaux de Paris.

Pour être complet, je me dois de dire qu'en dépit des difficultés dans lesquelles j'étais englué, je n'ai à aucun moment perdu ma bonne humeur et mon énergie. Deux vers de Mallarmé me trottaient par la tête :

Ces héros excédés de malaises badins
Vont ridiculement se pendre au réverbère.

Je figurais assez bien le héros excédé, mais quant à aller me pendre, cela n'était pas dans mon tempérament. Au contraire, j'étais animé d'une curiosité effrénée pour mon avenir proche et lointain. Malgré la faim, je me portais à merveille, et cette bonne santé me communiquait une espèce d'allégresse physique qui effaçait à mesure les catastrophes de la journée. J'aurais voulu partager cette belle santé avec ma femme et mon fils. J'aurais voulu qu'ils prissent les choses avec ma philosophie. Mais c'était impossible, car ils étaient entièrement dépendants de moi ; ils n'agissaient pas, ils attendaient, ce qui est la pire situation, surtout quand la personne dont tout dépend est aussi insuffisante que je l'étais. Et moi, avec eux deux, j'apprenais ce que c'est que de prendre à son compte les peines d'un autre. Jusqu'à mon mariage, je n'avais eu que des peines égoïstes, d'enfant ou de jeune homme. L'amour, ce n'est point de souffrir par un autre, mais de souffrir pour un autre, d'être malheureux de son malheur. Cela ressemble à la charité.

Quand je feuillette mes carnets de ce temps, je constate aussi que ni le froid ni la gêne, ni les ambitions déçues, ni les agitations du moment ne m'avaient fait perdre de vue ce que j'étais réellement. Une chose avait survécu à la Résistance et aux déboires de la Libération : mes préoccupations artistiques. Les carnets ne mentionnent à peu près rien de mes aventures, de mes rencontres, de mes discussions, de mes illusions. Je sentais sûrement que rien de cela n'avait d'importance. Ils ne contiennent que des notes de lecture, des sentiments ou des considérations sur le style. Je me permettrai de recopier ce fragment, à la date du 3 février 1945, qui me fait plaisir, car il montre malgré tout que j'avais gardé la tête assez solide.

« Je n'ai jamais varié — même au plus fort des tempêtes « actuelles » dans ma conception de l'art, et j'ai eu raison. La Résistance était une grande tentation. Rien ne me semblait plus beau que *L'Art au service de la Patrie.* Je me suis même laissé un peu entraîner. Or l'art n'est au service de rien. Ni valet ni soldat. Les histoires, les récits, les poèmes de résistance qui m'empoignaient si fort il y a quelques mois m'ennuient maintenant. »

C'est vers cette époque d'ailleurs, ou peut-être un peu avant, que je m'étais mis à écrire sérieusement mon premier livre, *Le Complexe de César,* où j'essayais de raconter l'histoire de mon esprit. Dans les deux cent quatre-vingts pages de cet essai, non relu depuis vingt ans, il n'y a pas une seule allusion, je crois, à ma vie active ou à mes tourments. Cela m'eût semblé le comble de la banalité et de l'impudeur. Au contraire, je voulais faire une sorte de manuel d'égotisme, à la fois parce que cela répondait à mon tempérament et par réaction contre les théories du moment, les niaiseries sur les écrivains engagés avec leur époque, la prétendue nécessité de porter témoignage sur ce qu'on avait connu. J'ai beaucoup travaillé *Le Complexe de César,* arrangeant les phrases, me les récitant jusqu'à plus soif, à la manière de mon cher Flaubert, recommençant plusieurs fois chaque chapitre. Je m'enfermais à clef dans mon cagibi de *Libération* où je me plaisais enfin, où j'oubliais tout, ahanant sur des paragraphes plus durs à équarrir que des pierres de taille. J'avais le vif sentiment qu'en écrivant ce premier livre et en suant ainsi dessus j'étais en train de faire mon salut. Avec ma présomption ordinaire, je ne doutais pas que ce fût un chef-d'œuvre. Le travail n'avançait pas vite, mais je m'en fichais bien. Une phrase parfaite valait pour moi les plus gros ouvrages. Ce travail me rendait fier : malgré tous les obstacles, j'étais parvenu quand même à faire ce pour quoi j'avais été indubitablement créé. Pour la première fois, j'observais un phénomène qui s'est souvent reproduit par la suite : que la pratique de mon art me consolait de mes échecs, qu'elle les effaçait, qu'elle les transformait en victoires d'un autre ordre. La littérature et moi, depuis que je l'excerce, nous jouons le rôle des deux pigeons. Après m'être roussi les plumes dans des entreprises auxquelles je ne crois guère, mais dans quoi je me lance de toutes mes forces, je reviens à tire-d'aile à mon colombier, et j'écris un livre. Aussitôt je me retrouve moi-même avec bien-être. Je rentre profondément dans mon âme, je m'aperçois que là est ma vraie vie, et que rien d'autre n'a d'importance. Bref, je suis sauvé. L'art est une bonne fée qui ne m'a jamais manqué, qui m'a toujours secouru. Que dis-je ? C'est ma patrie.

Je ne savais rien de cela au temps du *Complexe de César*. La sensation était toute nouvelle. Par conséquent je ne m'y laissais pas aller, je l'accueillais avec des réticences. En outre je n'avais pas encore l'habitude du travail littéraire, qui est celui d'un rond-de-cuir s'installant à sa table tous les jours à la même heure et y convoquant la muse, laquelle ne manque jamais de se présenter, au garde-à-vous, en personne sérieuse, en femme-soldat qu'elle est. Tout au contraire, j'avais sur ce sujet les préjugés romantiques de la jeunesse. Je croyais que les œuvres tombaient plus ou moins du ciel sur la tête de l'artiste inspiré. Je travaillais avec ardeur, certes, mais d'une façon désordonnée. Je déployais une énergie tout à fait disproportionnée et je ne la déployais pas à bon escient. Je bandais mes muscles comme un athlète pour soulever des plumes ; en revanche je ne me forçais point à écrire quand il me semblait que je n'étais pas en train. J'interrompais bêtement mon ouvrage pendant une semaine ou deux en attendant que le génie revînt ! A force de faire attention, j'écrivais dans une espèce de transe, presque sans voir où j'allais. Je voulais que chacune de mes phrases exprimât quelque chose d'absolument nouveau, d'absolument original, et qu'elle fût en même temps si nette que l'on n'en pût enlever un mot sans la rendre incompréhensible. Grâce à cette absurde méthode, je mis au moins un an à parfaire mon livre, que j'assemblai comme une mosaïque au lieu de le peindre d'un coup, comme une toile qu'il faut entièrement couvrir, quitte à revenir plus tard sur les détails.

J'ai dit tout à l'heure que la petite démangeaison d'écrire que le ciel m'envoya éloigna de moi mes passions. Ce n'est pas tout à fait vrai. J'étais encore un artiste trop inexpérimenté pour que ma création me prît toutes mes forces, ou plus exactement pour que je susse les lui consacrer. Entre les moments délicieux où j'étais absorbé par mon livre, il me restait bien des loisirs, que les passions mettaient à profit pour rentrer dans mon âme. Enfin j'écrivais ce livre un peu « pour voir ». Je n'étais sûr de rien ; mon avenir restait grand ouvert. Je désirais me prouver que j'étais capable d'aller jusqu'au bout d'une entreprise spirituelle, mais j'ignorais encore ce qu'étaient mes ambitions réelles.

Après tout, c'était peut-être de devenir député, puis ministre, puis président du Conseil ! J'hésitais singulièrement entre l'action et la pensée, bien que toutes mes aspirations et tous mes goûts au cours de mon enfance m'eussent résolument poussé vers l'art. Le début du *Complexe de César,* où je croyais avoir mis surtout de l'ironie, me paraît à présent bien révélateur à cet égard : « Quand je me suis résolu à produire le présent livre, je n'avais, à mon habitude, aucune envie d'écrire. Ma tête était vide : un violon sans cordes. Mais il était temps de commencer de quelque façon les grandes choses que je désire accomplir. » Commencer de quelque façon : voilà l'aveu. J'en avais assez d'attendre un emploi important, une situation, des honneurs, ou des récompenses d'une société qui se refusait à m'en donner. J'avais deviné que rien ne me viendrait que de moi-même, et que si je désirais quelque chose, il fallait aller le chercher où il se trouvait, c'est-à-dire au fond de mon âme. Le monde ne se porterait jamais à ma rencontre ; c'était un rocher, une chose immobile, une montagne. En descendant en moi, je trouverais le souterrain qui me mènerait jusqu'au sommet de cette montagne. Tout cela, bien entendu, c'est des réflexions que je fais aujourd'hui. Si je les avais faites alors, elles m'auraient épouvanté. Quand on est jeune, l'idée de s'engager dans un souterrain et d'y cheminer dix ans, d'y cheminer toute sa vie, est impossible à admettre. Heureusement que l'instinct ne demande pas son avis à la raison.

La passion la plus détestable que j'aie eue, et qui m'a conduit aux actions dont je me repens le plus, c'est celle qui naît du besoin que l'on éprouve de prendre des revanches sur son enfance. Cette passion-là m'a habité longtemps, car elle est très insidieuse, très masquée, et j'ai mis des années à l'identifier. A vingt ans, j'étais loin de savoir que c'était elle qui me poussait à certaines attitudes, à certaines violences que je regrette bien aujourd'hui. J'ai toujours éprouvé quelque répugnance ou quelque paresse à aller au fond de ce sentiment de revanche. Tâchons de le faire enfin sérieusement ici et remontons à l'enfance.

Dès l'âge de huit ans, j'ai pris l'habitude de me taire. Cela ne signifie nullement que je ne parlais pas ; au contraire, j'étais très bavard, mais je ne disais jamais ce que je pensais ou ce qui me tenait à cœur. J'avais découvert, à la suite de quelques déboires, que ma vérité n'avait pas cours chez les grandes personnes qui m'entouraient, lesquelles vivaient dans une duperie constante et un conformisme apparemment naturel. Pour moi, je ne me fiais qu'à mes sens et à ma raison. Le monde que je voyais n'avait rien de commun avec celui qu'ils me décrivaient, et qu'ils voulaient que j'adoptasse en reniant mes idées. J'étais un enfant docile, ou du moins je compris très tôt qu'il était inutile et même nuisible de discuter avec les adultes. En effet, chaque fois que je tâchais de reproduire honnêtement le monde tel qu'il m'apparaissait et par conséquent tel qu'il était, j'étais grondé ou puni. Pis encore, on me faisait la morale, ce qui me dégoûtait particulièrement, car je savais que cette morale avait des prémisses fausses.

Il n'y a guère d'autre choix pour un enfant que d'être un martyr ou un esclave. Comme je n'avais pas un tempérament porté à la révolte, et que je voyais autour de moi quelques révoltés de mon âge très malheureux, je choisis l'esclavage, c'est-à-dire le mensonge. Cela me paraissait un choix fort judicieux. La société, en l'espèce ma famille, les amis de ma famille et mes maîtres, était trop puissante pour moi. J'étais intelligent, j'avais compris que je ne la vaincrais pas par une lutte ouverte, mais que je pourrais subsister sans tragédie en sacrifiant hypocritement à ses préjugés. Non seulement subsister, mais encore enrichir à l'infini, dans le secret, selon ma droite méthode cartésienne du doute absolu et de l'évidence, ma philosophie. Bref, pendant une dizaine d'années, de huit ans à dix-huit ans, j'ai joué le personnage de Galilée devant l'Inquisition. Cet effort de préservation intellectuelle et de dissimulation si persévérant m'a rendu imperméable par la suite à toute influence, mais il m'a aussi mis dans le cœur une grande dose de rancune à l'égard d'une société qui m'avait obligé à me contraindre si longtemps et d'une façon si contraire à ma nature. Tout mon malheur venait de ce que j'avais un esprit d'homme dans un corps d'enfant. Dès que j'atteignis l'âge d'homme et que cette disproportion s'atténua, je me sentis bien plus à mon aise et je commençai à me réconcilier avec mes aînés. Eux-mêmes, d'ailleurs, avaient un peu changé. Il me semblait qu'ils avaient fait quelques pas dans ma direction. Qui avait vieilli, eux ou moi ? Toujours est-il que je les trouvais moins obtus, moins enracinés dans leur mensonge, capables même de supporter un peu de vérité, pourvu que celle-ci ne fût pas trop forte. On ne me grondait plus. On se contentait de me dire avec un sourire que je cultivais le paradoxe, ce qui m'enrageait, comme on peut penser. Je voyais bien que ce mot de paradoxe était encore une défense que l'on m'opposait.

Je me croyais réconcilié, dis-je, mais je n'étais réconcilié qu'en apparence; je n'étais réconcilié que par ma raison. Au fond de moi, dans des zones que je n'apercevais point, il subsistait une haine globale contre la société d'où je venais. Je puis bien dire que la plupart de mes actions, jusqu'à l'âge de trente ans et au-delà, ont été dictées par le désir secret d'étonner ma famille et les témoins de mon enfance qui avaient survécu. Je voulais piétiner ce milieu et ses valeurs, réelles ou fausses, lui montrer qu'il avait méconnu un individu infiniment supérieur à lui. Je voulais qu'ils s'inclinassent tous, qu'ils convinssent dans leur for intérieur, ces canards, qu'ils avaient couvé le plus éclatant des cygnes. Chose curieuse, mon animosité ne s'arrêtait pas à ces limites sociales. La guerre de 1940, qui me permit de voir de près, pendant quelques semaines, l'armée française, puis l'effondrement du pays et la dégradation de ses institutions, l'étendit à la France tout entière, telle qu'elle s'était manifestée depuis ma naissance. A la lumière des événements, je considérais cette chose gigantesque qui avait été la société française, avec ses traditions, ses forces, son élégance, sa gloire, et j'étais tout gonflé d'un joyeux mépris. Cela qui m'en imposait tellement naguère, qui m'écrasait, cette formidable citadelle sociale dans laquelle je croyais n'entrer jamais, voilà qu'elle était par terre, en mille miettes. J'étais le seul à rester debout. Tout était digne de mon dégoût : les hommes politiques, les gens du monde, les riches qui avaient été corrompus par le matérialisme, les pauvres qui n'étaient même plus patriotes.

Cet état d'esprit était tout à fait propre à me jeter dans la Résistance. Celle-ci, en effet, était le parti des farceurs de mon espèce. Qu'y trouvait-on, surtout ? Des gens qui avaient passé leur vie jusqu'en 1940 à taper sur le gouvernement, à insulter l'armée, à réclamer la subversion sociale, des pacifistes, des antifascistes, des rescapés de la guerre d'Espagne, des communistes, des internationaux, c'est-à-dire tout ce que l'on vouait à l'exécration chez moi. A l'inverse, ce que l'on m'avait pendant vingt ans donné en exemple se couvrait d'opprobre; la France officielle des maréchaux, des ambassadeurs, des hauts fonctionnaires, des magistrats, des gens du monde, des anciens combattants acceptait avec docilité, quand ce n'était pas avec joie, la défaite et l'esclavage. Je voyais là en plein, et d'une façon très tranchée, la déconfiture de leur morale et le triomphe de la mienne. Enfin, la Résistance, c'était la minorité, et j'ai toujours été violemment attiré par les minorités, parce qu'elles sont énergiques, actives, ambitieuses, persécutées, en avance de six mois ou de six ans sur les idées de leur temps, quitte à les lâcher lorsqu'elles ont pris le pouvoir et que, cessant alors d'être des minorités, elles ne m'intéressent plus. Tout ce que j'avais détesté se réincarnait dans le régime de Vichy, et cette réincarnation formait une caricature grotesque. Les professeurs de patriotisme étaient devenus des traîtres, ce qui ne les empêchait d'ailleurs pas de continuer à faire la leçon, mais il était enfin permis de rire de ces baudruches. L'ennemi occupait notre sol et l'on entendait résonner d'écœurantes *Marseillaise* à tous les carrefours. Napoléon III du moins, lui, avait-il eu la pudeur, après avoir confisqué la liberté, d'interdire cet hymne révolutionnaire. Bref, le spectacle de la France vaincue et du déshonneur de ses prétendues élites me donnait raison après coup ; il réhabilitait mon enfance.

Lorsque j'entrai dans la Résistance et que je me mis à accomplir des actions défendues, j'eus le sentiment tout à fait agréable que je débutais dans la vie, c'est-à-dire que je prenais sérieusement en main les affaires de mon pays. J'étais devenu un homme. J'agissais, alors que mes aînés, eux, n'agissaient plus. L'exemple, c'était moi qui le donnais. On ne pourrait plus, dorénavant, me faire la morale. Mon heure était arrivée. De temps à autre, je pensais avec pitié aux grandes personnes d'autrefois, si pontifiantes, si assurées dans leurs préjugés et leur bonne conscience, si prodigues de vaines formules. Que n'étaient-elles là pour admirer l'enfant qu'elles avaient si constamment humilié ! Je n'avais jamais écouté aucun conseil et l'événement montrait que j'avais bien fait. Étaient-ils assez ridicules, à distance, ces braves gens qui hochaient la tête mélancoliquement lorsqu'on évoquait mon avenir ! Ils le voyaient fort incertain, cet avenir, pour la raison futile que j'avais de mauvaises notes en classe, ou que je m'intéressais davantage à la littérature qu'à la chimie ! Eh bien l'avenir était là, j'étais déjà un héros. Ce n'était pas si mal pour un commencement.

Mon esprit de revanche et mon orgueil m'aveuglaient si bien que la maigre situation qui fut la mienne après la Libération ne les entama pas le moins du monde. J'étais pauvre comme Job, mais cela ne m'empêchait point de parader auprès de mes amis et connaissances, de jouer à l'homme important, de me mettre en quatre pour rendre des services fort au-dessus de mon crédit. Je dissimulais soigneusement ma pauvreté ; il m'eût été intolérable que l'on sût qu'un personnage de premier plan comme moi était si mal payé. Il n'était pas jusqu'au titre d'administrateur adjoint qui ne me causât de la peine. Je faisais sauter ce mot d'adjoint chaque fois que je le pouvais, au point qu'à deux ou trois reprises on m'en fit l'observation. J'entretenais avec fébrilité les quelques relations que j'avais dans tel ou tel ministère. Je tutoyais avec ostentation des députés, des directeurs de cabinet qui ne goûtaient pas trop cette familiarité. J'appelais les puissants par leur prénom. Leur donner leur titre m'eût écorché la langue. Enfin j'acceptai avec enthousiasme de faire partie de la commission d'épuration de la presse lorsqu'on me le proposa, quoique cette fonction ne fût point rétribuée. Je vis là un grand honneur. J'allais être Saint-Just.

Cette commission s'intitulait avec modestie « Commission de la Carte d'identité des Journalistes professionnels », mais c'était bien à une besogne d'épuration qu'elle se livrait. En effet, pour qu'un journaliste professionnel pût trouver du travail, il fallait d'abord que la commission lui délivrât une carte. Pour ce faire, elle demandait toutes sortes de renseignements, et surtout à quels journaux le postulant avait collaboré depuis quatre ans. Ainsi passèrent devant nous les grands éditorialistes et les petits échotiers de la presse d'occupation. Selon la gravité des cas, nous infligions des peines plus ou moins lourdes : privation de carte allant de trois mois à cinq, dix et même vingt ans, sanctions cruelles, car l'homme qu'elles frappaient perdait son gagne-pain.

Notre commission se composait de quatre membres

et d'autant de suppléants ; elle était présidée par un magistrat en retraite, M. Calon. J'ai oublié tous mes collègues, sauf un : Eugène Morel, vieux syndicaliste du journalisme, qui avait un bon visage tout rond, adouci encore par ses cheveux gris et une voix sourde qu'un accent de terroir (je serais bien en peine de dire lequel) rendait fort musicale. C'était un homme de 1910 plutôt que de 1944. Rien qu'en le regardant, on était dépaysé, on reculait dans le temps. Il évoquait les suspensions, les buffets Henri II, le socialisme à moustache et les meetings présidés par Jaurès. Il connaissait tout le monde dans la presse. La plupart des gens qui défilaient devant notre tribunal avaient été ses camarades, à une époque ou à une autre. D'où, de sa part, une mansuétude, une indulgence que je trouvais souvent exagérées. Ce brave homme excusait les petites lâchetés ; il se montrait particulièrement coulant pour les pauvres types qui avaient collaboré aux journaux de l'occupation parce qu'ils ne savaient rien faire d'autre et qu'il fallait bien qu'ils nourrissent leur famille. C'était la sagesse même, et je dois dire en ma faveur que, malgré ma dureté, je me rendais la plupart du temps à ses avis. Je me souviens qu'il ne parvint jamais à se mettre dans la tête le nom de notre président, qu'il s'obstina toujours à appeler M. Talon, de sa voix chantonnante.

Dieu merci, je ne fus pas Saint-Just, et je crois même avoir accompli ma fonction avec équité et honnêteté. Ce n'est pas là que le bât me blesse. Il me blesse d'abord en ceci : que je n'avais pas à accepter une pareille tâche, et encore moins à me réjouir de la remplir. S'il fallait à toute force l'accepter, que ce fût alors avec répugnance et conscience de céder à un pénible devoir. Aux séances de la commission, lorsque je rapportais certains dossiers particulièrement chargés, j'éprouvais une allégresse que rien, décidément, n'excuse. Comme j'avais de l'esprit, je faisais rire mes collègues en leur racontant à ma façon les turpitudes de tel ou tel qui s'était déshonoré quotidiennement en chantant les louanges de Hitler et en réclamant le peloton d'exécution pour le général de Gaulle — quand ce n'était pas pour des gens moins difficiles à attraper. M. R..., secrétaire de la commission, vieillard bouclé et précieux, lorsqu'il préparait les dossiers et qu'il lui en passait un bien noir entre les mains, ne pouvait s'empêcher de pouffer et s'écriait d'un ton gourmand :

— Ho, ho ! En voilà un gratiné, comme dirait M. Dutourd.

Il y avait une séance hebdomadaire à laquelle nous convoquions les postulants afin qu'ils plaidassent leur cause. Nous siégions derrière une table recouverte d'un tapis vert, sur une estrade. Le malheureux comparaissait devant nous et répondait à nos questions. Cela, qui aurait dû me faire horreur, qui me ferait horreur aujourd'hui, m'amusait beaucoup. J'y puisais un sentiment de puissance absolument dégoûtant. Derrière mon tapis vert, le visage impassible, l'air solennel, j'avais l'illusion d'appartenir au Comité de Salut public. J'aurais voulu que mes collègues eussent une attitude aussi majestueuse que la mienne ; mais ce n'était pas Robespierre ou Dubois-Crancé qui siégeaient à mes côtés : rien que des petits-bourgeois du journalisme, bien étonnés d'être érigés en justiciers et surmontant mal leur embarras. Le bon Eugène Morel, avec sa bedaine et son teint frais de sexagénaire blasé, était encore celui de qui je me sentais le plus proche. Il avait une noblesse dans le maintien et une sérénité dans le jugement grâce à quoi la commission gardait une tenue passable.

Je ne me repens certes pas d'avoir été sévère à

l'égard de personnages indignes, vrais délateurs qui s'étaient servi de leur rubrique pour désigner nommément des victimes à la Gestapo et qui avaient l'impudence de sortir de leur trou pour venir réclamer le droit d'entrer dans nos journaux. Non. J'étais encore animé de trop de passion et habité de trop de souvenirs pour leur pardonner. Il me semblait, en les frappant, que je proclamais ma fidélité à la mémoire de mes camarades morts dans des circonstances atroces, sous la torture, à Dachau, à Buchenwald. L'esprit de ces morts me hantait ; je sentais que j'avais mission de les venger. Ce que je me reproche, c'est la satisfaction que je ressentais à voir humiliés devant moi des hommes qui étaient de vingt ans mes aînés, dont quelquefois le nom avait été connu à une époque où j'étais en culottes courtes, et dont le crime principal, après tout, avait été d'exercer le seul métier qu'ils connussent. Ils expliquaient tous que leurs écrits dépassaient leur pensée, qu'au fond ils étaient résistants de cœur, qu'il fallait donner des gages à l'occupant, etc. Il y avait sans doute un peu de vrai là-dedans, mais je feignais de ne pas le voir. Il me paraissait tout simple alors, à moi qui ne connaissais rien de la vie, sinon quelques violences guerrières, qu'un père de famille condamnât sa femme et ses enfants à mourir de faim pendant quatre ans pour préserver son honneur. Heureusement que Morel était là pour remettre les choses en place. Je me reproche aussi les leçons de morale civique qu'il m'arrivait parfois de faire à ces pauvres bougres, qui les écoutaient tantôt avec un air cafard, tantôt avec une pointe d'insolence dans l'œil. Le fond de l'affaire, c'est que là encore, raide et renfrogné derrière le tapis vert de la commission, je prenais goulûment des revanches sur mon enfance. On m'avait donné le pouvoir de condamner la France de l'entre-deux-guerres, et je la condamnais au nom de l'enfant qui l'avait détestée. Je vivais la victoire enivrante du cancre à qui les événements ont donné raison contre les bons élèves et même contre les professeurs. A travers ces journalistes discrédités et infortunés, je portais des coups à ma famille, à mes maîtres, à toute cette France odieuse de naguère. Je la détruisais dans mon cœur. Bref, j'ai éprouvé là, en abrégé, et sans bien m'en rendre compte, les affreux sentiments qui devaient occuper l'âme des Marat, des Collot d'Herbois, des Fabre d'Églantine envoyant à la guillotine une société qui avait eu le tort impardonnable de n'avoir pas reconnu en eux un grand médecin, un grand acteur et un grand poète.

Lorsqu'on parle de soi, il faut prendre garde à ne se point trop noircir. C'est la tentation des gens sincères. Certes, j'étais infecté du détestable esprit de revanche que j'ai tâché d'analyser, mais pour tout le reste assez bon garçon, à ce que je crois. Et puis le tempérament artiste m'a toujours empêché de m'enraciner dans des actions répréhensibles : grâce à lui, j'en vois tôt ou tard la vanité. J'ai siégé environ un an à la commission d'épuration de la presse. Vint un jour où ce travail m'ennuya. Peut-être même finit-il par me dégoûter. En un an, les passions ont le temps de s'étioler, surtout quand on a, comme moi, un grand fond d'indifférence dans le caractère. En 1945, je n'avais déjà plus la violence et la rancune qui me possédaient en 1944. Nous avions été vengés et même trop vengés. Nous avions été surtout mal vengés. Comme dans toute épuration, c'était les faibles qui avaient pâti. Je me souviens que j'étais fort indigné par la justice en ce temps-là, qui laissait courir les criminels et punissait sans pitié les petites gens. A la réflexion, c'est cela sans doute qui me poussa à quitter la commission, ou à ne pas demander le renouvellement de ma fonction. Je ne voulais plus m'associer aux cruelles fantaisies des tribunaux. Des industriels qui avaient construit le fameux mur de l'Atlantique, des policiers qui avaient aidé la Gestapo, des généraux qui avaient trahi, des magistrats qui avaient condamné des patriotes s'en tiraient avec deux ans d'indignité nationale, dont ils se moquaient bien, et moi je m'amusais à persécuter de pauvres journalistes qui étaient des agneaux à côté de ces loups ! C'était être trop dupe, vraiment, et d'une façon odieuse.

Autre chose encore disparut de mon âme en un an, ou du moins s'atténua : l'illusion amère et vaine que la société me devait quelque chose. Avant de s'éteindre, toutefois, cette illusion me fit beaucoup souffrir, c'est-à-dire qu'elle m'entretenait dans l'aigreur, l'esprit de revendication, et surtout la paresse. J'attendais mon dû au lieu de convenir bravement que je partais à zéro, qu'il s'agissait de travailler dur, que je n'avais à compter que sur moi. On est volontiers manichéen à vingt-quatre ans. J'avais combattu avec les forces du bien contre celles du mal, et un peu contribué à leur victoire. En toute justice, on me devait une récompense. Je découvrais que le bien n'est pas automatiquement récompensé, et le mal fatalement châtié, choses que j'admettais fort bien intellectuellement, et dont la leçon mc semblait très piquante tant que je n'étais pas en cause, mais qui là, quand j'en étais la victime, me déconcertaient et m'exaspéraient. J'étais bien un demi-solde, comme on voit, rempli de passions destructrices. Encore les demi-soldes de l'Empire avaient-ils la consolation de se dire que leur parti avait été vaincu, que l'empereur était à Sainte-Hélène, qu'ils vivaient eux-mêmes leur Sainte-Hélène comme leur maître. Ils étaient désespérés, mais ils étaient nombreux. Moi, j'étais tout seul. Mon destin paradoxal avait fait de moi le seul vaincu, le seul demi-solde du parti vainqueur. Mon empereur n'était pas à Sainte-Hélène ; mes camarades avaient le pouvoir ; mes idées avaient triomphé ; mes ennemis n'existaient plus ; moi seul, parmi les heureux et les gagnants, je traînais mes bottes éculées sur le pavé parisien et je remâchais mes griefs.

J'ai mentionné tout à l'heure une paire de chaussures donnée. Je ne puis me dispenser de rapporter cet épisode, qui n'est rien en soi, mais qui prit une importance démesurée dans mon esprit, au point de devenir le symbole de l'ingratitude de la société à mon égard. Il se place au début du mois d'octobre 1944. Vers cette date en effet, Henri G... nous invita à déjeuner, Camille et moi, chez *Maxim's*. On pense que nous ne nous fîmes pas prier pour accepter. D'ailleurs notre joie quand on nous invitait au restaurant — ce qui n'arrivait pas souvent — était extrême. Quels que fussent nos hôtes, c'était une fête : pour une fois nous mangions à notre faim. Je me bourrais avec méthode, reprenant de tous les plats, avalant à longs traits le bon vin d' « appellation contrôlée », tâchant de me nourrir pour deux jours, guettant du coin de l'œil si Camille en faisait autant, et toujours désolé de constater que son appétit était loin de valoir le mien. Je bâfrais jusqu'à la limite de mes forces. Je sortais de table gonflé comme une outre, titubant, plus ivre de viandes que de vin. Je somnolais tout le reste du jour, comme un boa, et cette somnolence même m'était agréable. Je disais souvent, alors, « que j'avais l'estomac en berne », ce qui m'était d'autant plus pénible qu'à l'âge que j'avais la nourriture fait plaisir. Un jeune homme mange avec bonheur. Cela est autre chose que la gourmandise. C'est plutôt une sorte de communion quotidienne avec le monde.

Et tout a bon goût. Je n'aurai guère connu ce bonheur-là dans ma jeunesse.

La perspective d'aller chez *Maxim's* était enchanteresse. Je n'avais encore jamais mis le pied dans cet endroit fabuleux. J'attendais depuis six ou sept semaines que Henri G... nous donnât signe de vie, et j'étais chagriné, de temps à autre, qu'il tardât tant. Je jugeais même que sa négligence frisait le mauvais ton. J'avais rendu service trois mois auparavant à cet homme puissant ; plus j'étais infime, plus il y allait de son honneur d'être exact à mon égard. Je faisais souvent, à cette époque, la réflexion que les potentats manquaient de délicatesse. *Maxim's* me réconforta singulièrement et me parut du meilleur augure. Peut-être sortirait-il de grandes choses de ce déjeuner.

G..., personnage sous la Troisième République, avait été ministre dans deux cabinets. A la défaite, il refusa, en bon socialiste qu'il était, de voter les pleins pouvoirs à Pétain. En 1941, on l'arrêta et on le mit en résidence surveillée je ne sais où. C'était une demi-prison. G... était consigné dans un hôtel en compagnie d'autres ministres infortunés. Camille m'entretenait quelquefois de lui, avec ce don qu'elle a d'évoquer les êtres et les choses qu'elle a connus, et de donner un tour romanesque ou dramatique aux événements qu'elle a traversés. G... avait été un bon ami de sa famille. Quand elle était enfant, il faisait partie des figures qui l'entouraient. Il était lointain et bienfaisant. Elle me racontait ainsi, cette petite Schéhérazade, ses jeunes années avec beaucoup d'animation et de couleur. Je l'enviais d'avoir eu des parents et des amis si pittoresques, moi dont l'enfance avait été la plus terne du monde et la plus dépourvue d'aventures. Bref, je connaissais assez bien G... par ouï-dire. Je savais même plusieurs détails captivants sur sa vie privée et sur sa carrière. De même qu'on épouse la famille de sa femme, on épouse aussi ses amis. J'avais fait entrer G... dans mon cœur sans l'avoir jamais vu.

Environ deux mois avant la Libération, le maquis du lieu le délivra, ainsi que ses compagnons. Il monta à Paris. Je le rencontrai peu de jours plus tard. Camille se jeta dans ses bras comme une nièce qui retrouve un bon oncle. Pour ma part, il me plut extrêmement. Je ne sais quelles idées je me faisais des ministres. Celui-là, en tout cas, était tout à fait humain. Il avait été quelque peu malmené au cours de son sauvetage ; il n'avait pas d'argent ; trois ans de captivité l'avaient rendu presque timide. Aux premiers mots qu'il me dit, je sentis que je n'étais pas un étranger à ses yeux. Cela me charma. En outre je ne pus m'empêcher de songer qu'il me tombait du ciel un protecteur. G... avait une cinquantaine d'années, un bon visage ouvert et inquiet sur lequel il s'ingéniait à faire pousser une grosse moustache pour se déguiser. Un homme qui a été puissant et qui n'est plus rien, qui se cache, qui n'a pas d'amis, excite un vif intérêt. D'autant plus que rien, dans les manières de G..., ne trahissait sa puissance passée. Il était la gentillesse et l'humilité mêmes. Il me témoignait à la fois de la familiarité et de la considération, mélange grisant pour un jeune paon comme moi. Il me demanda si je pouvais lui procurer de faux papiers.

— Vous les aurez demain, Henri, répondis-je.

Pour un personnage aussi considérable, je dérangeai un commissaire de nos amis qui se transporta au domicile de G... avec le livre de son commissariat, et confectionna sur place une carte d'identité admirable, munie de tous les tampons possibles et officiellement enregistrée.

Suivit, de ma part, une certaine intimité avec G...

Nous dînions ensemble, nous nous promenions longuement, nous causions de littérature et de musique. Tel que je me connais, je devais pérorer à perdre haleine, exhiber mes goûts, mes idées, mes lectures, mettre ma coquetterie à montrer que, tout grand résistant que je fusse, j'étais avant tout un homme d'esprit. Cela ne m'empêchait cependant pas de jouer au conspirateur de haute volée, à qui mille rouages secrets obéissent. J'étais assez content d'avoir amené mon commissaire à G... Je crois même que je révélai au commissaire l'identité de son obligé, en ajoutant qu'après la Libération M. le ministre ne manquerait pas de le faire passer divisionnaire.

Au cours d'une de nos promenades, je m'aperçus que G... boitillait. Je m'en inquiétai. Mme G..., prénommée Ida, qui causait avec Camille à quelques pas derrière nous, révéla que son mari n'avait qu'une seule paire de souliers, vernis par surcroît, et qui le mettaient au supplice. J'étais plus fortuné que lui : j'en possédais deux paires. Je courus chez moi quérir celle que je n'avais pas aux pieds et la donnai à mon cher Henri. C'était des chaussures en daim, lustrées par endroits, mais encore présentables, et souples à souhait. Ce furent des remerciements à n'en plus finir. Vrai Perrichon, plus je faisais de bien à G..., plus je le chérissais. J'avais presque perdu de vue qu'il pourrait un jour m'être utile.

Camille, dans sa belle robe du lieutenant Marceau, et moi dans le « costume chosé » repassé à mort pour la circonstance, nous nous rendîmes chez *Maxim's*. J'étais comme Perrette et le pot au lait. Je supputais les changements heureux que ce déjeuner allait apporter à mon destin. Cela ne m'empêchait pas d'être attendri à la pensée de revoir G... auquel je m'étais attaché. Je goûtais par avance les transports de nos retrouvailles, la bonne conversation qui s'ensuivrait, les souvenirs des temps difficiles, etc.

Un homme élégant et une femme en manteau de phoque nous firent signe d'une table. Nous nous approchâmes. C'était G... et son épouse. Je ne les avais pas reconnus de loin. La grosse moustache de Henri avait disparu. Ida cliquetait sous les bijoux. Où étaient les deux miséreux de naguère ? Cette transformation, à laquelle j'aurais dû m'attendre, me surprit très fâcheusement. Ils nous accueillirent avec effusion ; toutefois j'avais la sensibilité en éveil : je discernai un rien d'éloignement et de condescendance. Bien entendu, j'ai tout oublié des propos que nous échangeâmes. Seule l'image du déjeuner subsiste dans ma mémoire. Je vois la table qui était ronde. Ida m'avait placé à sa gauche. Je la vois très bien, elle aussi, le manteau sur le dossier de sa chaise, droite, le cou raide et regardant de côté comme une poule. Elle avait de grosses mains. Henri, en face de moi, n'était plus timide du tout. Enfin je me vois moi-même, penché sur la table, regardant Henri avec désolation, et assez gauche devant ces inconnus qui ne m'aimaient plus. Camille, très à son aise au contraire, bavardait comme une femme du monde. Je me rappelle que je l'admirai pour cette belle maîtrise de soi. Vers le milieu du déjeuner, je posai la question qui me brûlait les lèvres :

— Dites-moi, Henri, est-ce que vous avez toujours la paire de chaussures que je vous avais donnée ?

Cette question, formulée sur un ton amusé et anodin, avait un double but. D'abord de mettre la conversation sur un terrain qui m'intéressait. J'aurais voulu que Henri me parlât du passé et fît au moins une allusion à notre amitié. J'aurais voulu entendre de sa bouche un mot de gratitude rétrospective qui m'eût réchauffé. Ensuite, à voir mes amis si florissants, je m'étais pris à espérer qu'ils me restitueraient les chaussures, qui auraient joliment fait mon affaire.

— Ah ! cette vieille paire de chaussures, s'écria Ida avec un petit rire. Nous l'avons donnée au chauffeur. Elle était trop laide !

Je fus si pétrifié que je n'eus même pas la présence d'esprit de répliquer : « Vous auriez mieux fait de me la rendre ! » Par un mouvement concordant de la sensibilité, Camille et moi nous baissâmes les yeux. Détail singulier : il me parut que je pâlis. Plus curieux encore, au lieu d'être blessé, je ressentis une sorte de honte. Au bout d'une minute ou deux je me repris. Le déjeuner était très bon. G... avait bien fait les choses. « Ah ! ma foi, pensai-je, il ne faut pas que cette occasion soit perdue tout à fait. Mangeons ! » Je mangeai à en crever. Je bus une bouteille de champagne à moi seul.

Les grands chagrins, les grands bonheurs, les grands succès marquent moins dans une vie que certains petits faits dont on dirait que le destin les a modelés artistement. Ainsi dans l'Histoire : le colossal y tient moins de place que telle action brillante, harmonieuse ou exceptionnellement scélérate. Je n'ai jamais pu pardonner à Henri G... le mot de sa femme, quoique je l'eusse vu nettement rougir quand elle le prononça. Camille m'assure qu'il eut même, pendant le silence qui suivit, l'air très ennuyé. Cela se peut, mais mon cœur se ferma hermétiquement devant cet homme. C'est que la chose était claire et instructive comme un fabliau : le fabliau du Niais et de l'Ingrat. Bien des hommes m'ont été plus nuisibles que Henri G..., qui ne me fit jamais aucun tort et même me procura un petit travail par la suite, cependant je ne puis me souvenir de lui sans répugnance. Il me semble que ce jour d'octobre 1944 au restaurant *Maxim's*, je vis distinctement le mal. Le mal est contagieux : d'en avoir été la victime, je m'en trouvai infecté. Cette histoire de la paire de chaussures donnée au chauffeur ouvrit dans mon âme un ulcère qui suppure encore. Je l'évoque parfois ; Camille me dit qu'alors mon visage change, qu'il prend l'expression d'une profonde méchanceté et que je lui fais l'effet, à ces moments-là, d'être Belzébuth en personne.

Pour en finir avec G..., je le rejetai aussitôt dans le troupeau des gens qui m'inspiraient des sentiments de revanche. Mais était-il jamais sorti de ce troupeau-là ? Lorsque je lui fournissais de faux papiers, lorsque je partageais avec lui mes souliers, lorsque je le protégeais et le choyais, je me faisais à moi-même le conte délicieux du jeune homme sorti du néant, devenu quelqu'un et recueillant par charité le roi déchu, autre manière de me venger de mon enfance. J'avais englobé la famille de ma femme dans mon aversion du passé. Il ne me déplaisait pas de prouver à G... que la petite Camille avait épousé un homme fort au-dessus du commun. Allons jusqu'au bout de la confession. Quelques mois plus tard, G... me blessa une seconde fois. Apprenant « que j'aimais écrire », il m'offrit de me recommander à un éditeur de ses amis en quête de feuilletonistes pour lui fabriquer des romans populaires à tant la ligne. Cette proposition me parut indigne et même injurieuse. Je n'y répondis que par des sarcasmes. Mon dernier grief fut que G... enfin oublia le brave commissaire qui s'était dérangé pour lui, et que l'on envoya moisir dans un commissariat de banlieue. Cela me fut encore plus sensible que tout le reste.

Je ne sais ce que nous dîmes, Camille et moi, en sortant de chez *Maxim's* et en marchant sur le trottoir de la rue Royale. Je crois me rappeler que j'éprouvais une déconvenue comparable à celle de quelqu'un qui a perdu un objet, c'est-à-dire que l'on est contrarié mais non pas peiné. Rien n'est précieux quand on est jeune ; on pratique beaucoup le dicton : « Un de perdu, dix de retrouvés. » J'avais perdu un ami et un protecteur éventuel, mais ce n'était pas grave. Sans parler de mon orgueil, toujours prêt à se réjouir des désillusions. La jeunesse aime à constater la noirceur du monde : cela la confirme dans une attitude qui lui plaît, à savoir le scepticisme, le pessimisme, grâce à quoi elle s'imagine qu'elle a de l'expérience. J'en déduis donc que le mot d'Ida G..., tout en m'affligeant, me causa une espèce de sombre plaisir. Dernier trait de moi, en ce temps lointain : j'avais une longue habitude de la défaite. J'avais eu maintes fois la révélation que le monde ne plie jamais, qu'il est dur et plein d'aspérités, que l'on n'a pas souvent ce qu'on veut et que les événements, dans la proportion de neuf sur dix, tournent à votre confusion. Je me cassais les ongles et je m'écorchais les genoux chaque jour sur cette falaise. Le lâchage de G... n'était qu'une défaite parmi les innombrables défaites dont ma vie était tissue, un épisode malheureux à ajouter à tous les autres auxquels j'avais survécu. Une défaite de plus ou de moins, qu'est-ce que cela fait quand on sait qu'au bout du compte on doit gagner la guerre ? Car j'étais convaincu que je la gagnerais, cette guerre contre le monde, qui commençait si mal. Avec un esprit pratique qui me réjouit à vingt ans de distance, je regrettais surtout de n'avoir pas récupéré ma paire de souliers.

Que deviendrait un pauvre s'il n'y avait d'autres pauvres pour l'aimer et l'aider ? Il existe dans cette basse classe de la société une poésie de l'amitié qu'on ne voit nulle part ailleurs. Alors que Henri G... et mes belles relations ne me servaient à rien, quelques amis obscurs, que je cultivais avec moins d'assiduïté, s'ingéniaient à me faciliter la vie. Ils me rendaient des services essentiels avec simplicité. Dans ce temps-là, Camille et moi, nous étions tout à fait dans la situation d'un jeune ménage du peuple, dont les débuts sont difficiles et qui se sent complètement désarmé. Chacun, dans l'entourage, y met du sien. L'un avance un subside ; l'autre donne de son temps ; celui-ci ouvre sa maison ; celui-là fait un cadeau utile. J'ai dit comment l'oncle Marcel et la tante Suzanne se chargèrent pendant des mois de notre enfant. J'étais alors si novice que je ne saisis certainement pas toute l'étendue de ce dévouement, qui me paraît prodigieux aujourd'hui. La mère de Camille guère plus riche que nous, se montra également fort secourable. Frédéric, d'ailleurs, avait le don d'allumer les sympathies.

A la Noël 1944, le froid devint si vif, et nous étions si désemparés devant les complications de notre existence qu'un vieil ami, professeur en retraite, touché par notre détresse, nous offrit de prendre Frédéric chez lui jusqu'à ce que la température s'adoucît. Il habitait un appartement bien chauffé où il menait une vie merveilleusement régulière en compagnie de sa gouvernante. C'était inespéré ; nous acceptâmes avec empressement. Je me demande si, là encore, je me rendis compte de toute la générosité que cette proposition impliquait. Je crois que j'y vis d'abord un allégement à mes soucis. Ensuite, je me réjouis de savoir qu'un de nous trois, au moins, avait trouvé un havre pour quelques semaines. Frédéric serait bien soigné et bien dorloté par Mlle Jeannette, la gouvernante. Il aurait la vie ordonnée et abritée de tous les bébés. Le vieux monsieur, qui l'aimait, veillerait à ce qu'il fût tout à fait heureux. Il serait au chaud, loin de la glacière de l'avenue de Lamballe. Quelques semaines, c'était l'infini. Quand Frédéric reviendrait, j'aurais fait fortune. Mon insouciance était renforcée encore, s'il se peut, par ces secours bénévoles qui me tombaient du ciel périodiquement. Je m'étais si bien accoutumé à ce qu'un miracle vînt me tirer d'affaire dans les moments critiques que je n'imaginais pas que je pusse être jamais précipité dans un désastre irrémédiable. Et de fait, tout au long de mes années de misère, j'ai trouvé des passerelles que la Providence jetait à point nommé au-dessus de torrents dont je croyais bien qu'ils allaient m'engloutir. On dit qu'il y a un dieu pour les ivrognes ; je présume qu'il y en a un aussi pour les insouciants. Ma seule punition fut que mon insouciance, à la longue, disparut.

Il me semble que nous fûmes assez contents de nous retrouver seuls avenue de Lamballe. Plus d'enfant ! Nous avions des ailes ! Je n'ai pas gardé le moindre souvenir de ce que nous fîmes de notre liberté. Tout à coup nous étions redevenus des jeunes gens qui ne pensent à rien. Nous nous disions que Frédéric était bien mieux chez notre ami, qu'il appelait son pépé, que chez nous. Un bon génie nous avait déchargés de cette préoccupation lancinante. Nous n'en demandions pas plus. Du reste nous avions raison. Mlle Jeannette et le pépé, dans leur appartement douillet où trois vaillantes salamandres maintenaient une chaleur de 25 degrés, comblaient de soins leur jeune pensionnaire. Celui-ci était le seul à n'être qu'à moitié satisfait de cet arrangement. Il aurait préféré rester avec ses parents dans le froid et la famine. Lorsque nous lui faisions des visites, nous étions heureux de le voir si joli. En quinze jours de ce nouveau régime, il reprit des joues passables et retrouva son teint rosé. Mais, au moment du départ, c'était des pleurs et des cris. Il ne voulait pas nous quitter. Camille, déchirée, pleurait autant que lui et l'embrassait avec désespoir. L'amour des bébés pour leurs parents, le besoin qu'ils ont de leur présence constante est une chose profonde, que j'étais trop jeune pour comprendre, ou que je ne voulais pas admettre, parce que cela m'arrangeait. Je me souviens de ces visites. Je m'y ennuyais. Cela ressemblait à celles que font les parents divorcés à leurs enfants : au bout de dix minutes, on ne sait plus que dire ni que faire. Je revois encore le bon visage sévère du pépé, son front chauve et poli, sa barbe blanche. Il était assis dans un grand fauteuil, enveloppé d'une épaisse robe de chambre en laine bleuâtre. La bouilloire chantait sur la salamandre. De temps en temps, il s'adressait à Frédéric qui jouait à ses pieds, du même ton dont il aurait usé avec ses étudiants de littérature comparée. Ce constraste me surprenait toujours. Ai-je su remercier comme il aurait fallu ce brave homme ? Bien sûr que non. Aujourd'hui que je saurais, il est mort, et cette dette me pèsera jusqu'à ma propre mort.

Frédéric demeura deux mois chez le pépé, qui ne nous le rendit qu'au début du mois de mars 1945, lorsque le froid tomba et qu'on sentit un peu de douceur printanière dans l'air. Je n'avais pas fait fortune entre-temps ; toutefois notre situation s'était légèrement améliorée. A la vérité, même, tout allait mieux, comme si le bon pépé, en hébergeant Frédéric, avait rompu le charme qui nous entravait. Camille avait trouvé un emploi doublement avantageux : il rapportait un peu d'argent (fort peu, mais nous étions à cinquante francs près) et il lui procurait beaucoup de plaisir. Par suite, son humeur, que le froid avait rendue assez sombre, redevint gaie ; et moi qui l'aimais et, par conséquent, épousais ses tristesses, je redevins gai par la même occasion. L'emploi consistait à servir d'archiviste, tous les après-midi, au président Béteille, qui instruisait pour la Haute Cour le procès Pétain et le procès Laval.

Auprès de certaines personnes, on se sent dans une grande sécurité. Non qu'elles fassent rien de particulier, mais tout paraît avec elles simple, clair, facile et même heureux. Elles ont un caractère égal et enjoué ; leur présence seule est apaisante. M. Béteille était ainsi. Camille, après déjeuner, courait à son cabinet ; elle s'y réfugiait, littéralement. Là, plus de responsabilités, plus de tourments ; les tracas quotidiens devenaient presque irréels. Elle entrait pour quatre heures dans un monde ordonné, serein, où les choses s'accomplissaient avec soin et lenteur. Le soir, après avoir manipulé des dossiers secrets et sondé les crimes d'État, elle rentrait à la maison pleine de récits curieux, qu'elle me faisait avec animation. Je retrouvais là ma petite conteuse. Plus elle parlait, plus j'étais content. J'avais déjà remarqué que la paix de l'âme, chez elle, se manifestait par le babillage en tête à tête. Dieu merci, nous avons immensément parlé, tous les deux, au cours de notre vie. Parlé, c'est-à-dire pensé tout haut, pour l'autre.

Lorsque je connus M. Béteille, je fus frappé par son extrême courtoisie et sa bienveillance. Sa façon si polie, la considération qu'il affectait de me témoigner, étant un peu cérémonieux de nature, me montrèrent la sorte de plaisir et je dirai même de repos que Camille goûtait dans sa compagnie. A cette époque, elle était enceinte de sept mois. Je la trouvais bien émouvante, avec son gros ventre, son teint pâle et sa figure creusée. M. Béteille lui portait une affection paternelle ; il la modérait dans son travail, auquel elle se donnait avec trop de zèle, évidemment, étant jeune et étant femme ; il lui apprenait à vivre moins vite que nous ne faisions d'ordinaire ; il la gâtait discrètement, enfin. Certains sourires ne s'oublient pas. Celui de M. Béteille, que je n'ai guère connu, après tout, a su trouver le chemin de mon cœur et y rester. C'était un sourire très fin, très gentil, avec, dans l'œil, un pétillement d'ingénuité. Bref, rien de plus agréable, rien de plus chaleureux que ce sourire, qui m'attendrit encore, après vingt ans. Quoique fort indépendant et ne recevant d'ordre de personne dans mon poste insignifiant d'administrateur adjoint, je voyais suffisamment autour de moi la comédie de l'ambition et du journalisme pour en être arrivé à penser que le monde, du haut en bas, n'est fait que de rapports de force. J'étais entouré de chefs qui commandaient et d'employés qui obéissaient. Ces derniers songeaient surtout à se nuire entre eux, sous des dehors hypocrites de camaraderie, afin de s'élever et de commander à leur tour. Jamais de charité nulle part, ni d'égalité véritable, en dépit des apparences. Chez M. Béteille, qui socialement, était si fort au-dessus de moi, je découvrais avec émerveillement l'authentique esprit d'égalité, aussi rare, dans son genre, que le sentiment de fraternité. Pas une seule fois je n'ai observé de supériorité dans ses manières, mais au contraire une perpétuelle attention à se mettre de plain-pied avec moi, et même au-dessous, par délicatesse d'âme. Je suppose que Camille sentait cela comme moi, et que c'était l'une des principales raisons pourquoi elle éprouvait tant de satisfaction dans son travail.

Tout allait mieux, certes, depuis l'entrée de Camille au cabinet de M. Béteille, mais ma propre vie me semblait encore bien bouchée. Il me venait parfois le soupçon que, tant que je demeurerais à *Libération,* je ne sortirais pas de l'obscurité et de la gêne. Je chassais aussitôt cette idée comme sacrilège. N'étais-je pas l'un des fondateurs officiels de ce journal ? On m'avait donné dix actions nominatives le prouvant à la face de l'univers. Je siégeais au conseil d'administration. Tout cela, c'était quelque chose. Il eût été trop bête, vraiment, de lâcher *Libération* au moment où peut-être ma persévérance allait porter ses fruits. Chaque jour qui passait me liait davantage au journal par l'espérance illusoire que tant de jours de présence finiraient par m'être comptés. Et d'ailleurs, où aller, si je quittais *Libération ?* Encore heureux qu'on voulût bien m'y garder malgré mon inutilité.

Dieu, que le temps me paraissait long ! Il se traînait plus lentement, si cela est possible, que pendant les années d'occupation, lesquelles pourtant avaient duré des siècles. Je n'ai habité que huit mois avenue de Lamballe : j'ai l'impression d'y être resté trois ou quatre ans. La lenteur des heures fait le désespoir de la jeunesse, comme leur brièveté fait celui de l'âge mûr. Je trépignais pendant ces journées interminables. Du moins, à partir de février, je pus téléphoner l'après-midi à Camille, chez M. Béteille, car nous n'avions pas le téléphone avenue de Lamballe. Je l'appelais deux fois, trois fois par jour, pour rien, pour lui dire que je l'aimais, pour lui demander si elle était gaie ou triste, surtout pour entendre sa voix gracieuse dans la solitude de mon cagibi de *Libération.* Je n'étais jamais blasé. Quand elle décrochait et me disait : « Allô ! c'est toi, Chaton ? » d'un ton pimpant et tendre, j'étais en une seconde envahi par la joie. J'avalais une gorgée d'eau dans mon désert de passions ennuyeuses et de méchancetés sournoises. Allons, la vie n'était pas si aride, puisqu'il y avait quelque part dans le monde un être qui ne vivait que par moi et me le montrait d'une façon si charmante.

Quand, passé le cap des trente ans, on considère sa jeunesse, on conçoit à peine comment on a pu être aussi éloigné de soi-même. A vingt-quatre ans, je ne cessais de me violenter, de m'attribuer des idées et des ambitions tout à l'opposé de mes vraies idées et de mes ambitions authentiques. Je me méconnaissais moins six ans plus tôt, à dix-huit ans, lisant avec passion la correspondance de Flaubert et le journal de Delacroix, que je tenais pour les deux bréviaires de l'artiste. Je ne rêvais alors que d'une existence égoïste, mais égoïste pour le bon motif, tout entière consacrée à la création. Je mettais tout mon bonheur dans une maison de campagne, où je m'enfermerais comme un ermite pour travailler à mon œuvre, loin des vaines agitations du siècle. Mais à présent je m'étais perdu de vue. Je ne savais plus ce que j'étais. Je l'avais oublié dans les aventures *divertissantes* de la guerre, du mariage et de la résistance. En outre, mon esprit avait pris de la force et s'exerçait en me contraignant. Je me régentais sans pitié avec ma raison. Je bâillonnais mon instinct. La raison, elle aussi, peut être passionnée. Elle l'est même davantage que le cœur. Je la comparerais volontiers à une femme frigide qui, cherchant en vain la volupté, pratique un dévergondage sans frein, tel que jamais ne s'y abandonnerait une femme normalement ou même excessivement sensuelle. Avec ma raison, comme on peut penser, je ne faisais que des bêtises, c'est-à-dire que je me livrais à toutes sortes d'excès pour me bien persuader que mes désirs répondaient à mes aspirations réelles. Par exemple, je tenais des propos incendiaires sur la révolution du prolétariat, qui me donnaient auprès des bourgeois effarés la réputation d'un sans-culotte, mais qui amenaient des sourires moqueurs sur les lèvres de mes amis progressistes. Cette ostentation de gauchisme exalté me tint bien deux ans, jusqu'à ce que mon vrai tempérament, qui est l'indifférence dans ces matières, reprît le dessus, tout comme la nature vient à bout des fragiles constructions humaines.

Je m'étais également fourré dans la tête que j'avais d'excellentes dispositions pour l'action et qu'un jour ou l'autre mon heure sonnerait, mais évidemment ce qui me plaisait dans la politique, c'était ses aspects romanesques et peut-être la philosophie que l'on peut en tirer, c'est-à-dire justement ce qui ne sert de rien à un politicien professionnel. Je croyais qu'il suffisait d'être Louis XI ou d'avoir lu Machiavel ; j'y ajoutais les leçons de *La Chartreuse de Parme*. Avec cela, et mon intelligence, je ne doutais pas que je conquisse le pouvoir. J'essayai, par devoir, de lire les œuvres de Marx et de Lénine, mais cela me tomba des mains au bout de vingt pages. De même j'achetai quelques traités d'économie : rien à faire, ils étaient trop mal écrits ! Même la lecture des journaux m'assommait. N'importe : ma tête était assez forte et assez vaste pour suppléer à ces lacunes. Personne ne pourrait jamais me surpasser en intrigues, en subtilités, en combinaisons profondes lorsque j'aurais une occasion de m'y mettre sérieusement. J'avais même des idées sur le journalisme. Ayant remarqué que, dans les journaux, les articles la plupart du temps se bornent à répéter et à paraphraser les titres, j'avais imaginé de créer une feuille à deux sous intitulée *L'Heure*, où il n'y aurait eu que des titres, composés avec des caractères de différente grosseur, et couvrant toute l'actualité. Rien n'était plus aisé que de remanier le journal toutes les heures, d'où son nom, et de publier douze éditions par jour, entre le matin et la nuit. Je m'amusai trois semaines avec ce projet, que je soumis à quelques directeurs de journaux, lesquels n'en voulurent pas.

Je saisissais tous les prétextes pour afficher mon socialisme. Je m'accrochais de toutes mes forces au glorieux clan de *Libération*. Pour moi, c'était l'arche, c'était le réceptacle de la plus pure doctrine, la fine fleur de la résistance et de la révolution. Je professais un patriotisme de clocher tout à fait ridicule. Que dis-je ? C'était pis que du patriotisme : j'avais l'étroitesse d'esprit d'un dévot pour qui tout est voué à l'enfer, hormis les paroissiens de sa chapelle. Naturellement j'étais devenu antigaulliste. Nouveau Brutus, j'avais imposé silence aux sentiments d'admiration que je nourrissais pour le Général. Je ne voyais plus en lui qu'un militaire dangereux, un mégalomane, un tyran qui méprisait le peuple. Il me semblait que l'on aurait dû m'aimer pour ces bons sentiments que j'étalais avec conviction. Je ne m'apercevais pas que je faisais peur, ce qui était un comble, vraiment ! On me trouvait bien trop remuant, bien trop ambitieux. Je jouais la fable du cochet, du chat et du souriceau, et j'y tenais le rôle du coq, qui bat des ailes, gonfle son jabot et assourdit le voisinage. Tous les souriceaux et même les vieux rats de *Libération* me prenaient pour un garçon dangereux que l'on ne saurait trop maintenir dans le néant, de crainte qu'il ne passe sur le ventre de tout le monde. Pendant ce temps, les chats, c'est-à-dire les vrais arrivistes, s'élevaient à petit bruit et devenaient puissants dans le secret. Un jour, cette accusation d'ambition me revint je ne sais comment aux oreilles. Cela me flatta au-delà de toute mesure. Enfin, le monde me voyait tel que je voulais être ! On mesure par là quelles étaient ma vanité et ma folie.

J'ai dit que l'essentiel de mes occupations d'administrateur adjoint consistait à représenter chaque semaine *Libération* à la Fédération de la Presse. Cela n'était pas fort distrayant, mais enfin c'était une tâche, une occupation au milieu de mon oisiveté, que je voyais revenir avec plaisir. En outre, je rencontrais là les directeurs des journaux de Paris et de province, avec qui j'avais fini par me lier. Tout ce qui ressemble à un club, où des hommes se retrouvent entre eux, est plaisant. Je n'étais pas le seul à éprouver ce sentiment; mes confrères étaient très assidus à nos réunions, malgré leurs hautes fonctions. La Fédération de la Presse n'était pas seulement une sorte de syndicat patronal, où l'on décidait du format des journaux et des allocations de papier; elle faisait aussi sa politique, sous la direction de son président Albert Bayet, qui avait été cinq ans plus tôt mon professeur à la Sorbonne et que j'étais assez satisfait de traiter à présent sur un pied d'égalité. Quelle politique? Ma foi, celle qu'on faisait à cette époque-là : on tenait des discours socialisants, on était convaincu que la presse issue de la résistance allait réformer les mœurs du journalisme, on voulait instaurer une morale nouvelle, etc. Toutes choses très vaines, auxquelles je croyais comme les autres, mais j'étais le plus jeune.

Pendant les débats, qui nous réunissaient autour d'une longue table recouverte d'un tapis vert, je passais mon temps à dessiner sur des morceaux de papier la tête de mes confrères, dont j'attrapais très bien la ressemblance. J'avais M. Bayet particulièrement « dans la main ». J'ai fait plus de trente fois sa caricature. Je m'ennuyais prodigieusement et n'écoutais à peu près rien. Seul M. Bayet parvenait à me tirer de mes rêveries, car il parlait fort bien, d'une voix ronronnante, et parsemait ses propos de malices. En fin de compte, je garde un bon souvenir de la Fédération de la Presse. J'ai connu là quelques hommes qui sont devenus mes amis par la suite et qui, déjà, en dépit de mes folies, me considéraient d'un œil cordial. Aujourd'hui, lorsque je regarde ma vie, elle m'apparaît comme une gigantesque erreur, comme un amoncellement d'idioties ; ce que j'ai été à mes différents âges me fait honte ou me semble insoutenablement ridicule, mais c'est parce que j'ai oublié les détails. Je devais bien avoir un peu de charme, auquel certaines personnes ont été sensibles. J'étais drôle, aussi. J'avais des mots piquants et quelques qualités qui devaient se voir : la fidélité, la loyauté, la franchise, l'irrespect.

C'est lorsqu'on en venait aux décisions que j'étais le plus bête. Je votais toujours avec M. Dorval, administrateur de *L'Humanité,* ou avec M. Bensan, administrateur de *Ce Soir,* autre journal communiste. Ils ne m'en savaient d'ailleurs aucun gré, et j'eus beau, pendant huit mois, leur faire mille gracieusetés, je n'obtins d'eux que des regards méfiants et des paroles dédaigneuses. Je me défendais de la sympathie que m'inspirait M. Amaury, directeur de *Carrefour,* homme de droite, qui me voulait du bien et m'en aurait fait sans doute si, au lieu de m'incruster dans mes idées, j'avais un peu laissé parler mon cœur. Au lieu de cela, je répondais froidement à ses avances ou je combattais des projets qu'il soutenait, non certes que je les trouvasse mauvais — la plupart du temps je n'avais pas d'opinion sur eux —, mais parce que MM. Dorval et Bensan, mes oracles, y étaient opposés. Il m'eût été facile, sans du tout me compromettre, de nouer une amitié fructueuse avec M. Amaury, qui avait été un résistant des plus honorables, mais j'étais tout d'une pièce ; j'étais incapable, moi le fin politique, de jouer ou même de concevoir le moindre double jeu. Homme de gauche j'étais, homme de gauche je resterais. Cela ne m'empêchait pas de faire de jolis croquis de M. Dorval, la bouche ouverte, la moustache hérissée, ses gros yeux exorbités derrière les lunettes. M. Bensan, chauve et le nez tombant, me fournissait également un bon modèle. Après quoi je faisais circuler mes dessins, qui suscitaient des rires étouffés.

J'aurais bien voulu que quelque chose bougeât dans ma vie, mais je ne savais comment m'y prendre. Tout me semblait noué très étroitement ensemble. Je n'avais pas assez de courage ou d'imagination pour trancher le nœud d'un coup d'épée. D'ailleurs où l'appliquer, ce coup d'épée ? Car il n'y avait pas qu'un nœud, mais dix ou cent à trancher ou à défaire. J'avais l'impression d'être ligoté du haut en bas. Et où trouver l'épée ? On peut s'offrir le luxe de trancher les nœuds quand on est le roi de Macédoine, que l'on commande à des armées et que l'on conquiert des empires toutes les semaines ; mais quand on est un petit bonhomme sans le sou au milieu d'une société impitoyable, c'est une autre affaire. Enfin, eussé-je possédé une épée, il n'est pas sûr que je m'en fusse servi. En effet, je suis bien masculin en ceci que j'éprouve de la répugnance pour les solutions violentes. Mon tempérament me porte tout naturellement vers les rapiéçages, les cotes mal taillées, les compromis. Plutôt que de jeter par terre un édifice existant, si incommode et si branlant soit-il, je préfère le consolider de côté et d'autre, l'aménager, l'embellir si possible. Il ne me serait jamais venu à l'idée de transformer ma vie radicalement par un acte d'audace, par un coup de tête, par une folie. Peut-être l'aurais-je fait si j'avais été seul, mais l'existence de ma femme et de mon fils fournissaient des motifs supplémentaires (et assez bien venus) à ma pusillanimité. Je tenais au peu que j'avais. C'était médiocre, c'était misérable, mais cela avait l'avantage d'être une réalité.

L'une des choses dont je souffrais le plus était bien entendu l'une des plus futiles, à savoir l'appartement de l'avenue de Lamballe. Là encore, je touche du doigt ma vanité. Cet appartement, à tout prendre, en valait bien un autre. Le propriétaire était un brave homme, assez accommodant, qui vivait en province et qui, peu à peu, aurait sans doute retiré tous ses meubles. Le loyer en eût été diminué. Le quartier n'était pas laid, avec la Seine à deux pas et Passy dans mon dos. Eussé-je eu un grain de bon sens, je me serais accroché à cet endroit comme une pieuvre, ce qui m'eût épargné bien des ennuis de logement plus tard. Mais je l'avais pris en grippe. Il était devenu le symbole de mon guignon. Son mobilier tarabiscoté me donnait le cafard ; les murs caca d'oie, le papier à rayures, les rideaux en dentelle évoquaient une vie rétrécie et vulgaire qui me rappelait trop ce que j'avais abhorré pendant mon enfance. Il y avait surtout que j'étais on ne peut plus piqué de voir la plupart de mes amis installés dans des appartements que le ministère de la Guerre avait réquisitionnés pour eux. C'était de superbes résidences, placées sous séquestre par l'administration des Domaines parce que leurs locataires avaient décampé avec les Allemands. On les attribuait à tel fonctionnaire ou à tel résistant important. Pourquoi n'avais-je pas bénéficié d'une réquisition moi aussi ? C'était par trop injuste. J'y avais droit autant que n'importe qui. L'ingrate société, pour qui je m'étais exposé au danger et à la mort pendant quatre ans, me la devait. Je m'étais braqué là-dessus.

Je ne sais quelles relations je mis en branle, ni quels militaires de la rue Saint-Dominique je harcelai, toujours est-il que mes efforts aboutirent au bout de quelques mois : je l'eus, cette réquisition précieuse ! Mais je l'eus trop tard. Déjà Paris s'était repeuplé, déjà la crise du logement avait commencé. J'étais bien attrapé. Je cherchai vainement un appartement sous séquestre qui eût échappé à la rapacité des hommes nouveaux. J'allai aux Domaines où l'on me rit au nez : il y avait beau temps qu'on ne disposait plus du moindre local. Finalement quelqu'un me signala un appartement vide au nº 11 *bis* de la rue Daubigny, voie retirée, non loin de la place Wagram. J'y courus, je le visitai ; il me parut charmant. Il était situé au troisième étage, assez vaste, avec des peintures encore fraîches. La convoitise m'aveugla. Je décidai sur-le-champ qu'il me fallait ce logis coûte que coûte. La concierge eut beau me dire que des gens l'avaient occupé jusqu'en 1940 et avaient des droits sur lui, que je risquais d'être délogé, etc., je l'écoutai à peine. Ou plutôt je l'écoutai fort bien, mais je n'avais cure de ces objections. La vanité, l'insouciance, la folie de paraître s'étaient complètement emparées de moi. Je voulais cet appartement de toutes mes forces. Il était très flatteur ; je pourrais y recevoir sans honte mes amis les plus huppés ; je pourrais déclarer d'un ton négligent : « Voilà l'appartement qu'on a réquisitionné pour moi ! » La concierge ajouta que j'étais imprudent, que je courais inévitablement à la catastrophe, que je ferais bien mieux de rester où j'étais... Peine perdue : j'avais compris tout cela dès la première minute, mais je m'en moquais. J'avais envie de faire une bêtise. Rien au monde n'aurait eu le pouvoir de m'en empêcher. Il est curieux de noter à ce propos que personne dans notre entourage, à Camille et à moi, n'osa jamais nous donner de conseils. Nous avions sans doute une personnalité plus forte que celle de nos amis, qui ne se risquaient pas à nous éclairer, crainte de s'attirer de piquantes remarques ; quant à nos parents, ils ne se jugeaient pas en droit de nous diriger, car depuis l'âge de vingt ans nous gagnions notre vie et ne leur coûtions plus un sou. Comme quoi il n'est pas si bon qu'on le croit de conquérir trop tôt son indépendance. Les jeunes gens que l'on entretient se sentent plus ou moins tenus de suivre les avis de leurs nourriciers, ce qui leur évite maint déboire. Ma femme et moi, dans tous les domaines, nous n'en faisions qu'à notre tête, et c'était évidemment désastreux. Je communiquai sans hésiter une seconde l'adresse de la rue Daubigny au ministère de la Guerre, qui la porta sur l'ordre de réquisition, lequel était valable pour une durée de deux ans à compter du mois d'avril 1945. Deux ans, pour moi dont toute l'industrie consistait à trouver des expédients pour subsister d'un jour sur l'autre, c'était une vie entière, et que de choses peuvent survenir, dans une vie ! Depuis que j'avais atteint l'âge d'homme, j'avais assisté presque chaque année à un bouleversement nouveau. Les Allemands avaient envahi la France, puis on les avait expulsés, trois régimes s'étaient succédé en quatre ans, j'avais vu des guerres et des massacres. J'avais oublié ce que c'était que la paix et la stabilité sociale. A présent que la guerre était finie, il allait probablement y avoir une révolution et tout serait encore une fois remis en question. Dans deux ans, j'aurais vingt-sept ans. Autant dire l'âge mûr.

En attendant, je serais chez moi, dans mes meubles, c'est-à-dire dans les quelques objets que nous avaient donnés nos parents quand nous nous étions mariés, et qu'ils avaient repris pour les garder pendant nos tribulations. La réquisition en poche, dûment libellée, munie des cachets officiels, signée du ministre, me causait un bonheur inouï. Sans compter que le loyer de la rue Daubigny était sensiblement moindre que celui de l'avenue de Lamballe. Nous disposerions de six jolies pièces où chacun serait bien à l'aise. Notre chambre avait une charmante cheminée de marbre et donnait sur un boudoir. Il y avait un salon avec un plafond bleu ciel orné de nuages joufflus, où j'installerais mon bureau. J'étais superstitieux : je croyais qu'en déménageant j'allais donner une poussée à mon destin, mais une poussée légère, une poussée raisonnable, suffisante pour le redresser, pas assez forte pour m'effrayer. J'agissais enfin ! Je remuais ! Premier avantage : mon parcours en métro pour aller chaque jour à mon travail ne serait plus le même.

Autant l'hiver avait été terrible, autant le printemps 1945 fut beau. A la fin de mars, nous eûmes une vague de chaleur. Camille n'avait pour tout vêtement que la robe en lainage du lieutenant Marceau, dont elle défaisait les coutures tous les mois. Son accouchement devait avoir lieu dans les derniers jours d'avril. Elle avait tellement chaud, elle était si incommodée, la pauvrette, à la fois lourde et fragile comme elle était, qu'elle résolut de brusquer les choses. Quinze jours environ avant le terme prévu, elle feignit d'éprouver les premières douleurs et persuada si bien l'accoucheur qu'il l'envoya à la clinique. Cela se passait le 10 avril à une heure de l'après-midi. Le médecin habitait rue du Dragon, à Saint-Germain-des-Prés. Au même moment, je prenais part à un déjeuner corporatif de la Fédération de la Presse au restaurant *Ciro's*. Le nom de ce restaurant était resté dans un coin secret de ma mémoire ; je l'avais oublié et voilà tout à coup qu'il remonte à la surface. Camille m'avait mis au courant de son projet de supercherie. Je n'avais pas annulé le déjeuner, un peu par égoïsme, parce que c'était une occasion de manger, et beaucoup par timidité. En effet, moi qui professais tant de mépris pour les petits-bourgeois, j'avais autant qu'il se peut l'un de leurs travers les plus ridicules : la peur de déranger, la peur de *se faire remarquer* et de susciter des commentaires réprobateurs. J'avais accepté de venir à ce déjeuner ; il m'eût semblé d'une extrême goujaterie de me décommander à la dernière minute, même avec un prétexte aussi respectable que l'accouchement de ma femme. Étais-je nigaud ! Je ne tardai pas à m'en apercevoir, du reste. Lorsqu'on sut que j'allais être père, tout le monde s'étonna de me voir là.

En quittant le médecin, Camille m'appela au téléphone. Nous en étions aux hors-d'œuvre. Je me levai de table en m'excusant de toutes les façons possibles. Ma sottise, ou plutôt mon manque d'imagination et d'usage, me confond aujourd'hui : je n'osai pas planter là le banquet. L'idée de filer à l'anglaise, de laisser ma place vide, m'horrifiait comme un sacrilège. J'expliquai à ma femme, avec embarras, que je ne pouvais l'accompagner à la clinique, mais que je ne manquerais pas de courir la voir sitôt le café bu. Que me répondit-elle ? Quelques paroles ironiques et dédaigneuses sans doute, et bien méritées, mais qui apaisèrent mes scrupules. J'étais prompt à rattraper le beau rôle quand il m'échappait ! Camille, avec le feu qu'elle avait dans le caractère, la fierté et parfois l'emportement qu'elle montrait si l'on blessait sa délicatesse, me fournissait ainsi, quand j'étais dans mon tort, le moyen de prendre un air de dignité offensée dont j'étais la première dupe. Je retournai à la salle à manger. Albert

Bayet avait garde de laisser échapper l'occasion de prononcer un discours piquant. Il se leva et dit plusieurs choses amusantes sur l'heureux événement qui m'arrivait ; après quoi, il m'embrassa et les convives attendris applaudirent.

Tandis qu'on me cajolait de la sorte, Camille prenait le métro à la station Saint-Germain-des-Prés. Jusqu'à Boulogne, où se trouvait la maternité, personne ne songea à lui céder sa place. Elle fit le voyage debout, défaillante, dans un wagon étouffant et bondé. Elle tenait sa valise à la main. Elle manqua plusieurs fois de s'évanouir. Elle dut arriver à destination au moment où on nous servit le dessert.

Ce mois d'avril 1945 a vraiment marqué un tournant dans ma vie, à croire que j'avais raison de penser que mon émigration de l'avenue de Lamballe allait tout mettre en mouvement. Non seulement je fus père pour la seconde fois, non seulement j'abandonnai pour toujours un lieu qui m'était insupportable, mais encore il m'advint la chose à laquelle je m'attendais le moins et que je ne désirais même pas : je démissionnai de *Libération*. Ces trois événements furent presque simultanés. Je crus que je faisais peau neuve, ma foi, et que la chance me souriait enfin. L'un des grands étonnements de ma jeunesse fut de voir ainsi, de temps à autre, se produire une métamorphose dans mon existence. J'y assistais comme si elle eût affecté un autre que moi ; je la considérais d'un œil incrédule. Voilà une contradiction curieuse. Je ne cessais d'appeler un changement de tous mes vœux, et quand il survenait j'étais stupéfait. Cela tenait sans doute à la vie absolument plate que j'avais menée pendant mes vingt premières années. Rien ne s'y produisait jamais. J'ai passé mon enfance dans une immobilité de fakir.

A la Fédération de la Presse, un de mes confrères,

M. Chatelain, administrateur de *L'Aurore*, me témoignait une amitié qui m'était particulièrement douce, car il y entrait, à ce que je crois, une nuance d'admiration. De tout temps j'ai trouvé des esprits sur lesquels le mien exerce une espèce de fascination, mais ce ne sont point d'ordinaire des gens en mesure de m'être utiles. Le mouvement d'intérêt qui les pousse vers moi, la conformité de leurs idées avec les miennes, une ressemblance profonde font que je les aime en retour. Je me sentais donc fort à l'aise avec M. Chatelain, qui me souriait souvent d'un air complice, devinant les sentiments ou les idées que je pouvais avoir dans telle ou telle circonstance, et je lui en étais reconnaissant. C'était un aimable et bel homme, très bien mis et toujours gai. Il n'avait pas plus de trente ou trente-cinq ans, ce qui nous rapprochait encore. Lorsque je faisais une plaisanterie, il riait mieux que les autres. Nous nous asseyions souvent côte à côte à la table des délibérations. Il s'ennuyait autant que moi et n'intervenait guère. Je le distrayais en lui confiant à mi-voix toutes les incongruités qui me passaient par la tête. Il goûtait beaucoup mes caricatures. Lorsque j'en avais réussi une, il me l'ôtait des mains et la glissait dans sa serviette. J'étais infiniment sensible à cette attention-là ; parmi les diverses vanités qui se partageaient mon âme, celle d'être un bon dessinateur n'était pas la moindre. Environné d'hommes graves, nous étions pareils à deux écoliers. M. Chatelain me rappelait agréablement certains camarades de mon enfance sur lesquels j'avais de l'empire parce qu'ils découvraient en moi, sous une forme peut-être plus achevée, quelque chose qui était en eux. M. Chatelain me plaisait encore en ceci qu'il était absolument étranger au journalisme. Moi qui ne savais rien, j'en savais plus que lui là-dessus, au point qu'il m'arrivait de l'éclairer de mes lumières. Au milieu de ces professionnels de la presse, qui connaissaient le métier sur le bout du doigt et s'entendaient à demi-mot, il faisait figure de gentil amateur, de dilettante ignorant. Outre cela, l'air de se moquer de tout, de se promener dans la vie à loisir en jouissant sans souci du paysage. Je me demandais d'où venait ce Huron, si différent de ce que je voyais quotidiennement. D'une école de commerce, peut-être. A moins qu'il ne fût quelque heureux fils de famille qui avait eu le caprice de placer ses capitaux dans un journal.

Notre amitié se fortifia au cours des semaines. L'excellent Chatelain était si coiffé de moi qu'il travaillait en sous-main à me faire entrer à *L'Aurore*. C'est-à-dire que, d'une part, il me peignait sous des traits embellis à M. Lazurick, directeur et vrai maître de ce journal, et que, de l'autre, il tâchait de me convaincre. Des deux, je fus sûrement celui qui lui donna le plus de peine. Je fis mille façons, et c'est merveille qu'il ne se soit point rebuté. Je n'avais que dédain pour *L'Aurore*, qui avait commencé à paraître clandestinement, en juin ou en juillet 1944, autant dire pour prendre date. Quitter *Libération* me révoltait de toutes les manières. *Libération*, c'était mon œuvre, c'était mon passé, c'était mon avenir. Finalement Chatelain eut raison de ma résistance et, à sa grande joie, je consentis en rechignant à rencontrer M. Lazurick.

Cette rencontre eut lieu à la fin du mois de mars 1945 dans l'hôtel que *L'Aurore* occupait à cette époque rue Louis-le-Grand. Je m'y rendais pour complaire à mon ami, certain qu'il n'en sortirait rien et que je perdais mon temps. On m'introduisit dans une belle pièce à boiseries, ornée d'un lustre à pendeloques, de fauteuils Louis XV et d'une grosse table de chêne couverte de paperasses. M. Lazurick, personnage rond, jovial et expéditif, m'accueillit avec des démonstrations flatteuses et me proposa tout de go d'être chef des Informations de *L'Aurore* aux appointements de vingt mille francs par mois. J'eus un éblouissement. Bien plus : j'étais si accoutumé aux déceptions que je songeai un instant que cela ne pouvait être sérieux, que c'était une farce ; mais aussitôt je m'aperçus que je n'étais plus le même homme. Les bonheurs inopinés font un effet semblable à celui des accidents. Une minute avant, la vie est identique à ce qu'elle a toujours été : on a ses deux jambes et ses deux yeux. L'accident survient, et voilà qu'on est, pour tout le temps qui vous restera à passer sur terre, borgne ou unijambiste. D'un seul coup, la certitude me pénétra que la roue de la fortune venait d'accomplir une révolution irréversible. Vingt mille francs, ce n'était pas la fortune, mais c'était bien plus que ce que je gagnais. Cela signifiait moins de tracas, moins de famine. Je venais d'obtenir la réquisition de la rue Daubigny ; je pourrais payer mon déménagement, assumer les frais inévitables de l'installation, etc. Je n'avais pas la notion de ce qu'on demande à un chef des Informations, mais je me gardai bien de l'avouer, pensant qu'en huit jours, intelligent comme j'étais, j'aurais tout appris de ce métier-là ! Je pris l'air le plus froid que je pus pour accepter le pactole, tandis que de folles visions dansaient dans ma tête : des plats de choucroute, des rosbifs de deux kilos, un manteau pour Camille, un costume pour moi, que sais-je ! Chatelain, souriant dans un coin du bureau, était le plus heureux des trois. On convint que j'entrerais en fonctions au mois de mai.

Croira-t-on que je fus au supplice quand il me fallut annoncer cette décision à *Libération ?* Je m'attendais à être mal jugé, à être mis plus bas que terre ; je me considérais comme un traître : c'était seulement mon extrême pauvreté qui m'avait réduit à accepter l'or de M. Lazurick. Je remettais l'épreuve de jour en jour. Quand je me résolus, avec toutes sortes de précautions, à dévoiler l'affreuse nouvelle, je fus bien étonné : personne ne m'adressa de reproches, personne ne tenta de me retenir. On me déclara, au contraire, que j'avais pris un parti fort sage. On fut même si enchanté de me voir enfin les talons en s'épargnant le mauvais procédé de me mettre à la porte qu'on me paya un mois supplémentaire. J'eus l'innocence d'en être reconnaissant. Quelques garçons de course, quelques huissiers, deux ou trois dactylos me regrettèrent. Les aventures sentimentales se terminent souvent de cette façon. J'étais attaché à *Libération* comme on est attaché à une personne. Je l'aimais, en dépit de ses duretés et de ses rebuffades. Je pensais que si je me séparais un jour de cette maison, ce ne serait pas sans tergiversations ni cas de conscience. Et voilà que je la plaquais comme une vieille maîtresse avec laquelle on n'a plus grand-chose en commun, et qui ne vous chérissait plus guère, elle non plus. On se fait un monde de ces arrachements. On croit qu'on souffrira et qu'on fera souffrir. Illusion. Le travail de désagrégation s'était fait dans le secret. Il suffit que l'un des deux esquisse un geste, et tous les liens, qui étaient très usés, cassent d'un seul coup. On s'attendait à des drames et à des scènes : on se dit tout juste adieu du bout des lèvres. Le singulier, c'est qu'au lieu de se féliciter que les choses se dénouent si simplement, on en éprouve de la tristesse.

A la clinique de Boulogne, Camille fut obligée de jouer la comédie pour que l'on admît qu'elle était sur le point d'accoucher. A force de répéter qu'elle avait mal, elle obtint qu'on lui fît une piqûre d'hypophyse, grâce à laquelle elle commença réellement à enfanter. De ce travail, qui dura longtemps et ne se termina que vers trois heures du matin, il ne me reste qu'un souvenir. On avait installé ma femme dans la salle d'accouchement, dont les murs étaient recouverts de céramique verte et de marbre jaune jaspé. Ces couleurs sont intactes dans ma mémoire. J'ai remarqué d'ailleurs que les couleurs sont en général ce que je me rappelle le mieux, et même les seules impressions qui survivent après le naufrage des événements et des passions. Mes souvenirs ressemblent à des toiles de la vieillesse de Claude Monet ou de Renoir, ou à ces pastels que Degas exécutait quand il était presque aveugle : le dessin est flou, on sait à peine ce qu'il représente, mais la couleur a un éclat et une justesse que le temps n'a pas altérés. A vingt ans de distance, je revois jusqu'à la lumière jaunâtre et parcimonieuse dont nous étions éclairés, durant ces longues heures d'effort. C'était quasiment la pénombre. Je suis assis contre le lit. Camille pousse des soupirs et des gémissements ; sa menotte, que je tiens dans ma main, est toute chaude et moite. Elle me serre les doigts convulsivement. Il fait une chaleur écrasante. Il doit être minuit ou une heure du matin. Jamais de ma vie je n'ai eu autant sommeil que ce soir-là. Je n'arrivais pas à garder les yeux ouverts. A chaque instant, ma tête dodelinait et je partais pour trente secondes de rêve. Je posais mon coude sur le lit, j'y enfonçais ma tête et m'endormais. Ce sommeil invincible, ce sommeil de brute exaspérait Camille, dont les douleurs devenaient de plus en plus fortes et fréquentes. Elle me donnait des tapes furieuses sur le cou et sur les oreilles. Je me réveillais en sursaut :

— Quoi ?... Quoi ?... Je suis là, chérie, marmonnais-je, tout ahuri.

— Comment peux-tu dormir quand je souffre tellement ? me disait-elle en pleurant et en haletant.

J'étais désespéré, non pas qu'elle souffrît, mais de lutter ainsi contre le sommeil. Cet accouchement durerait éternellement ! J'étais en enfer. Le supplice qu'on avait inventé pour me faire expier mes péchés consistait à m'empêcher de dormir. Le sommeil m'assaillait de toutes parts, il me pénétrait d'une langueur irrésistible. Ma tête était lourde comme une enclume, mes yeux me picotaient, j'étais flasque et sans pensée. Je sentais en moi une grande colère confuse et molle, à mi-chemin entre la réalité et le rêve, contre ce monde impitoyable qui m'imposait le devoir de rester éveillé. Lorsque Clara naquit, à trois heures du matin, que tout fut heureusement terminé et qu'on eut ramené Camille dans sa chambre, j'allai me coucher sur une banquette de la salle d'attente de la clinique et je dormis comme une masse.

Qu'avais-je donc fait toute la journée pour être aussi fatigué ? Outre mon déjeuner au *Ciro's*, sans doute avais-je commencé à transporter mes meubles rue Daubigny et à arranger l'appartement. Je voulais que Camille en sortant de la clinique le trouvât tout prêt, tout pimpant pour l'accueillir. La perspective de la contempler dans notre chambre ensoleillée, assise sur ses oreillers, bavardant comme une pie, ses deux enfants auprès d'elle, m'insufflait un courage de lion. C'était mon cadeau de relevailles.

Quand on n'a pas d'argent, il faut donner beaucoup de soi. Je crois, sans me vanter, que pendant le temps que Camille resta à la clinique, je fis des prodiges. J'étais aidé par son amie de cœur, Christiane, qui nous aimait comme une petite sœur et qui travailla aussi assidûment que moi. Nous n'avions guère de meubles, encore moins de linge, mais nous parvînmes à décorer assez plaisamment la chambre, le boudoir et le salon. Moi qui ne hais rien tant que le bricolage, j'accrochai des lustres, je pendis des rideaux, je frottai le parquet, je contribuai même à coudre un dessus-de-lit. Christiane faisait la femme de journée ; sifflant sur son échelle comme un hardi compagnon, la tête enveloppée dans un torchon, elle nettoyait les carreaux. Les ménages les plus démunis ont leurs trésors ; le nôtre consistait en une paire de chaises Louis XV, don de ma belle-mère. Je les plaçai dans notre chambre où, du reste, j'entassai ce que j'avais de plus beau.

J'étais si occupé à tout cela que je n'allais même plus coucher avenue de Lamballe, où j'avais laissé Frédéric à la garde d'Hélène, notre bonne. C'était une légèreté de ma part, car je connaissais la donzelle. Mais à mon habitude la passion me menait. L'aménagement et la décoration de la rue Daubigny étaient l'unique affaire de ma vie. Je dormais dans les balais et la poussière. Je ne voulais pas quitter mon œuvre un instant. Hélène profitait à fond de l'absence de Monsieur : elle organisait des sauteries où elle invitait ses godelureaux américains et ses copines. On dansait jusqu'à l'aube. Le pauvre Frédéric, dans le salon, ne pouvait fermer l'œil, ce qui était évidemment très mauvais pour lui. J'appris cela trop tard, comme toujours. Sur le moment, je me disais qu'Hélène était vraiment une brave fille d'avoir accepté de prendre soin de mon fils et je me félicitais avec une niaise complaisance de susciter de tels dévouements chez des gens que je payais mal.

Lorsqu'on me montra ma fille, le lendemain de l'accouchement, après que je me fus débarrassé de mon fabuleux sommeil, je fus émerveillé. C'était la plus jolie chose que l'on pût rêver. Elle avait le teint délicat, la finesse de traits d'une figurine de porcelaine, et de beaux yeux bleus, parfaitement ronds et purs. Dans mes malheurs, j'avais au moins la consolation d'avoir de beaux enfants. C'était le matin ; l'épreuve de la nuit était passée. Camille, redevenue mince, me souriait de son lit, le bébé dans le creux de son bras, la tête tendrement inclinée. Nous eûmes là, tous les trois, un moment délicieux. J'étais heureux d'avoir une fille après avoir eu un fils. Je me pressai d'aller la déclarer moi-même à la mairie de Boulogne, pour être bien sûr qu'elle porterait le prénom de Clara, qui ne plaisait à personne, mais que j'aimais plus que tout autre, à cause de la maîtresse d'Egmont et parce qu'il avait été pendant un an celui de Camille.

A cette époque, les médecins prescrivaient aux accouchées onze jours de repos complet. Camille ne resta que cinq jours à la clinique, pour des raisons d'économie principalement, et aussi pour fuir une infirmière querelleuse. Il n'y avait pas d'ascenseur rue Daubigny. On l'avait ramenée en ambulance. Deux infirmiers la portèrent jusqu'au palier du troisième étage où je l'attendais. Je la pris dans mes bras et la déposai sur notre lit. Il faisait un temps magnifique. Le soleil inondait la chambre. L'émerveillement de ma petite femme me payait de mes travaux. Elle le savait d'ailleurs et, malgré sa faiblesse, se forçait gentiment à pousser des cris de surprise. J'étais comme ces parents qui offrent un jouet dont ils s'amusent bien davantage eux-mêmes que leur enfant. Tout me plaisait rue Daubigny. Je ne me lassais pas de raconter l'appartement à Camille, qui m'écoutait comme si je lui faisais un conte de fées. Je lui parlais du couloir du fond comme si c'eût été une allée bordée de chênes conduisant à notre château ; je m'extasiais sur la cheminée-chauffe-plats en porcelaine et en cuivre de la salle à manger ; je trouvais même du lyrisme pour décrire la cuisine et le placard aux balais. J'aurais voulu que Camille fût valide et m'accompagnât dans tous les recoins. De temps en temps, la pensée refroidissante me traversait que ma réquisition était bien fragile, que cette affaire, comme toutes celles que j'entreprenais, était saugrenue, et qu'un jour il faudrait décamper, chassés par les locataires légitimes, mais je me dépêchais de tourner mon esprit d'un autre côté. « Au diable l'avenir ! Puisque le présent est agréable, me disais-je, vivons-le sans regarder au-delà. » Je pratiquais beaucoup la philosophie du *carpe diem* à vingt-cinq ans, c'est-à-dire la philosophie de l'autruche, laquelle a son bon côté d'ailleurs, car grâce à elle on goûte à fond les plaisirs passagers. Je songeais avec satisfaction qu'au lieu de nous épanouir dans cette jolie chambre arrangée avec dévotion, nous pourrions être en train de broyer du noir dans le décor sinistre de l'avenue de Lamballe. Je me réjouissais que ma fille vécût ses premiers jours dans une pièce que j'avais meublée et décorée moi-même. Cela me semblait de bon augure.

Avec le recul, je m'aperçois que j'avais préparé cette fête pour moi plus que pour Camille. Je n'en serais jamais convenu sur le moment, pourtant cela est vrai. J'étais convaincu de n'avoir travaillé que pour elle, pour sa joie, pour son dépaysement ; je m'étonnais de discerner de la contrainte dans ses remerciements. Mais c'est qu'elle avait plus d'instinct que moi. Elle sentait que l'appartement était ma chose et non la sienne. Je m'étais jeté avec enthousiasme dans cette aventure, je l'avais menée de bout en bout avec une volonté persévérante. Elle n'y entrait qu'avec répugnance. Elle était un peu moins folle que moi. Elle soupçonnait que pour un plaisir de vanité, pour une vaine question d'humeur, j'avais lâché la proie pour l'ombre. Elle n'osait pas me le dire franchement ; peut-être ne voyait-elle pas tout cela aussi clairement que je l'expose ici ; mais elle n'arrivait pas à se mettre à l'unisson avec moi. J'admire toujours comme les âmes pressentent bien l'avenir. La révélation qu'elles en ont, pour être confuse, n'en apparaît après coup que plus frappante. Camille, pénétrant dans ce qui allait être notre logis pour deux années, en dépit de l'amour que je croyais avoir déployé pour le lui rendre entièrement plaisant, n'a pu se défendre d'une impression hostile, comme si quelque voix lointaine et bredouillante — comme sont les voix des pythies — lui annonçait qu'elle ne serait point heureuse dans cet endroit. Voici enfin qui est révélateur : alors que je ne puis évoquer l'avenue de Lamballe autrement que dans la demi-obscurité brunâtre et triste de l'hiver, le tableau qui subsiste en moi de la rue Daubigny est tout lumineux. A ce lieu restent attachées pour toujours des idées de printemps et d'été. C'est là que j'ai écrit mon second livre, c'est là que je suis venu à bout de mes fausses ambitions et de mes rancœurs, là que j'ai redécouvert, pour un temps, ma vérité.

Les premiers jours que nous passâmes dans notre nouvelle demeure m'ont laissé des souvenirs pleins de douceur. Afin que Camille ne se levât pas, j'avais disposé sur une table à côté d'elle ce qui était nécessaire aux soins du bébé : de l'eau de Cologne, des couches de rechange, une casserole électrique pour chauffer les biberons, etc. Je faisais les courses, je cuisais le frichti, j'apportais le déjeuner et le dîner sur un plateau. Ces menues obligations me procuraient beaucoup de joie ; je les remplissais avec zèle. J'éprouvais une espèce d'orgueil à m'occuper ainsi de ces deux créatures dont j'étais responsable. J'avais le sentiment, pour une fois, de n'être pas au-dessous de ce qu'on attendait de moi. Je n'étais plus un enfant imprévoyant et inefficace, entraîné par la vie comme par une rivière, mais un homme, enfin ! qui a l'œil à tout, qui protège, qui fait vivre, qui descend dans les moindres détails. L'existence de Clara, silencieuse et docile comme une poupée, nous comblait de plaisir. Il était même amusant de la nourrir, de la laver, de la bichonner. Elle était extrêmement jolie et elle sentait très bon. Quoique mon sommeil, en ce temps-là, fût fort épais, je ne rechignais pas à me réveiller à six heures du matin pour lui administrer le premier biberon, et ensuite lui tapoter doucement le dos, ainsi qu'il est de règle.

Malheureusement il était écrit là-haut que je ne saurais jamais faire les choses qu'à moitié. En effet, j'étais absent une partie de la journée, ce qui détruisait à peu près tout. Il fallait aller au bureau. Du moins le croyais-je. Aujourd'hui, cette assiduité me semble bien superflue, mais j'étais scrupuleux jusqu'au ridicule. Je me tenais le raisonnement suivant : « Ce n'est pas une raison, parce que j'ai démissionné de *Libération,* pour en prendre à mon aise. Au contraire il faut, pendant ce mois de préavis *que l'on me paye,* me conduire d'une façon irréprochable, afin de laisser une bonne opinion de moi. » Voilà bien des idées de bourgeois, qui tient à sa réputation auprès de six personnes et qui place son devoir dans des niaiseries, en négligeant l'essentiel. Bien entendu, à *Libération,* nul ne se souciait de moi. Que je fusse présent ou non, c'était tout un, mais j'avais sur ce chapitre une intransigeance à la Caton. Peut-être entrait-il du calcul dans ma probité : à vingt-cinq ans, on a des fourmis dans les jambes ; j'aimais ma femme et ma fille de toute mon âme, mais je n'étais pas fâché d'avoir un prétexte honorable pour me donner un peu d'air. Les heures pendant lesquelles je m'immolais ainsi à ma conscience professionnelle paraissaient interminables à Camille, qui ne recevait guère de visites, qui s'ennuyait et qui était dans la nécessité, malgré mes précautions, de sortir de son lit vingt fois par après-midi. Mes arrangements se révélèrent même si incommodes qu'elle écourta son temps de relevailles. Cela se fit sans que j'y prisse garde. Outre mon insouciance, j'étais vigoureux comme un taureau : je n'imaginais pas que ma femme, plus jeune que moi, pût être moins forte. Puisqu'elle décidait qu'elle était rétablie, tout allait bien. Je fus même assez content de la voir debout, et qu'elle me remplaçât pour faire marcher la maison.

Au fond, je crois que le seul vrai bonheur qu'elle ait eu, ce fut, deux ou trois jours après son retour de la clinique, Frédéric qui le lui donna, en arrivant de l'avenue de Lamballe sous la houlette d'Hélène, pour s'installer avec nous. Elle avait presque oublié, pendant les douleurs de son accouchement et les péripéties consécutives, combien elle aimait cet enfant. Tout à coup elle s'aperçut qu'il lui avait manqué cruellement. Lorsqu'il apparut, endimanché par Hélène pour la circonstance, mais pâlot, maigre, jetant des regards apeurés sur cette chambre inconnue, effrayé de voir sa mère couchée, elle fondit en larmes. Il se mit à pleurer lui aussi. Elle le pressa longtemps contre elle en lui disant à travers ses sanglots des paroles d'amour inintelligibles.

Quand le mois de mai arriva, je crus bien que nous en avions fini avec les soucis. Je pris mon service à *L'Aurore* et Camille entra en qualité de rédactrice au *Populaire,* journal du parti socialiste, grâce à son nom et au souvenir qu'avait laissé son père, ancien compagnon de Blum. En 1945, *Le Popu,* qui a beaucoup dégringolé depuis, jusqu'à devenir un bulletin imprimé en province, était reparti sur le pied d'un grand quotidien. Il me faut avouer que je ne fus pas mécontent que ma femme travaillât et que je ne fis rien pour l'en empêcher. Il me semble même que j'attendais avec quelque impatience qu'elle fût tout à fait remise et contribuât à gagner notre vie. Je supputais ce que nous ferions avec son salaire ajouté au mien. Le tout devait aller à une trentaine de mille francs par mois, ce qui n'était pas le Pérou, mais me paraissait une fortune en comparaison de ce que j'avais grappillé jusqu'alors. Entre autres projets, j'avais l'intention d'écumer le Marché aux Puces pour nous meubler décemment. Je ne doutais pas qu'avec mon flair je ne dénichasse des merveilles pour trois fois rien. Encore que le Marché au Puces, en 1945, ne fût pas aussi achalandé qu'aujourd'hui, je déchantai assez vite. Tout ce que je ramenai des décevantes expéditions que j'y fis fut une table de salle à manger en merisier toute simplette, accompagnée de six chaises cannées, deux fauteuils et un canapé d'apparence Directoire, complètement défoncés et fourbus, que je finis par brûler, et un secrétaire Louis XVI, tellement sale qu'on l'eût dit en acajou. Je me souviens que je le payai sept cents francs ; ce n'était pas cher, malgré son piteux état. Je ne fus assez riche pour le donner à restaurer que douze ans plus tard. J'eus alors une jolie surprise : l'ébéniste me rendit un meuble en noyer blond.

L'entrée de Camille au *Populaire* fit mieux que de m'apporter du soulagement : elle me rassura sur notre avenir. En effet, incapable comme j'étais, sans formation d'aucune sorte, j'avais au plus haut point le sentiment que j'étais en porte à faux sur le monde, que tout ce que je pouvais attraper ne serait jamais que le fruit d'un malentendu appelé à se dissiper un jour, à mon grand dommage. La plupart des gens ont quelque chose à offrir, science ou réputation, qui leur permet de discuter, d'obtenir des sûretés ; dans les innombrables rapports de force qui composent la société, ils représentent un poids ou une énergie grâce à quoi ils résistent. Je contemplais avec envie l'heureux état des personnes qui possèdent un métier, sur lesquelles on peut mettre une étiquette, voire un prix, dont on mesure arithmétiquement l'utilité. J'étais profondément persuadé que je ne valais pas un sou. J'étais camelote, j'étais verroterie. Il me semblait que je vivais en fraude. Je ne pouvais me caser quelque part qu'en trompant sur la marchandise. Mais les tromperies, pensais-je avec crainte, ne durent pas. De là une appréhension perpétuelle, une incertitude du lendemain qui me mettaient dans l'esprit une espèce d'inquiétude latente, coexistant curieusement avec mon insouciance. Je m'imaginais sous les traits d'un saltimbanque dont l'existence est une suite d'acrobaties hasardeuses, et qui se demande s'il sera encore vivant dans les dix minutes à venir. Très longtemps, j'ai éprouvé cette sensation. Je l'éprouve encore parfois lorsque je me rends compte que je ne sais rien faire d'autre que des livres, que je ne suis rien dans la société, laquelle, comme dit Stendhal, ne paye que les services qu'elle voit. On s'étonne que certains écrivains anticonformistes désirent passionnément entrer à l'Académie sur leurs vieux jours. Je jurerais que ce sont des hommes dans mon genre, qui ont toujours été en marge, qui ont toujours eu le sentiment de flotter dans une sorte d'espace intermédiaire où l'on ne rencontre pas l'humanité courante, qui ont toujours soupiré après un titre, une fonction ou un statut, c'est-à-dire une sécurité réelle. Je suis bien le contraire d'un chevalier d'industrie, comme on peut constater. L'un des paradoxes de ma vie aura été de la mener en aventurier, alors que tout en moi aspirait à une carrière simple et sage, douillettement encastrée dans l'ordre social.

Quoiqu'elle eût deux ans de moins que moi, je me sentais un peu petit garçon devant ma femme, et d'ailleurs cela ne me déplaisait pas. Je voyais en elle un sérieux et une force que je ne voyais pas en moi. Je l'admirais, non pas tout à fait comme une mère, mais comme une personne plus mûre, ou dont l'instinct est plus éclairé. Enfin elle n'avait pas le tempérament artiste, qui se caractérise par une indifférence énorme à tant de choses de la vie pratique et même du sentiment. Heureusement, elle prêtait attention à mille détails qui m'échappaient et me criait casse-cou plusieurs fois par jour. Je me réjouissais que l'un de nous deux, au moins, ne fût pas étranger au monde. Nous tenions de longs conciliabules auxquels je trouvais quelque chose de grisant. « J'ai épousé une petite Mme Rabourdin », pensais-je non sans quelque justesse, mais en oubliant que cette héroïne, trop supérieure, avait plutôt nui à son mari qu'elle ne l'avait aidé. Il y avait aussi en Camille un désir d'agir, une flamme, et jusqu'à un certain despotisme sentimental qui faisaient songer à Mme Roland. « Si quelqu'un est capable de me pousser dans le monde, pensais-je encore, de me guider, de plaire aux gens utiles, c'est bien ma femme. » J'étais fier d'elle. J'aurais voulu que l'univers entier l'admirât. Je m'empressais toujours de la mettre en avant afin qu'elle pût briller et surtout qu'elle parlât à ma place, car si étourdi que je fusse, je me méfiais quand même de ma langue. De son côté, elle avait une foi en moi qui me faisait beaucoup de bien et un peu de mal. Par son attitude dans le privé ou en public, je lisais dans son cœur quelque chose comme ceci : « J'ai épousé un grand homme de vingt-cinq ans. Personne ne sait encore que c'est un grand homme, mais moi je l'ai deviné. J'ai attaché joyeusement mon sort au sien. Je le protégerai comme une lionne jusqu'à ce que le génie que j'ai été la seule à déceler en lui puisse s'épanouir. » Cette confiance absolue, jamais mise en question, implicite, de la part d'un être que j'estimais plus qu'aucun autre, accroissait singulièrement mon courage, mais elle renforçait aussi mon orgueil et ma suffisance.

En fait, Camille était bien une femme supérieure par l'âme, par le caractère, même par l'intelligence, mais il lui manquait la même chose qu'à moi : l'éducation. Naturellement, j'étais incapable de m'en apercevoir. Faute d'éducation, les plus brillantes qualités ne mènent qu'à un redoublement d'infortunes. La société s'apprend comme le piano ou l'horlogerie. Nous tapions sur le clavier sans avoir la moindre notion de solfège. Nous tripotions à l'aveuglette les rouages et les dentelures de la grande pendule sociale. Contemplés à vingt ans de distance, ces efforts sont touchants : je n'évoque pas sans attendrissement les deux maladroits que nous étions, devant ces mécaniques subtiles dont nul ne nous avait enseigné le rudiment. Nous tâtonnions, nous nous faisions les doigts aussi légers que possible, nous tâchions de venir empiriquement à bout de pauvres problèmes qu'avec un maître nous eussions résolus en un clin d'œil. Dieu sait quels trésors de prudence, de sagacité, de diplomatie nous prodiguâmes, qui furent perdus, parce que nous les prodiguions à tort. Les conseils que me donnait ma petite muse, que j'écoutais religieusement, tout pénétré de sa sagesse étaient à peu près aussi fous que ce que je trouvais dans mon propre fonds.

J'admire que nous ayons survécu, tant la malédiction de n'avoir pas été élevés a pesé durement sur notre jeunesse. Je venais d'un milieu petit-bourgeois qui, ne connaissant rien de la société, ne m'avait rien appris sur elle. A vingt ans, en 1940, partant pour la guerre, j'étais, malgré mes deux bachots et un certificat de licence, dans l'état de nature. On ne m'avait inculqué que des sottises, en particulier la fierté mal placée et la superstition de l'individualisme. On n'imagine pas à quel point les petits-bourgeois français peuvent ignorer le monde. Ils vivent au cœur de Paris, c'est-à-dire de la civilisation la plus compliquée de l'Histoire, comme des troglodytes de l'Antiquité qui ont entre eux des rapports élémentaires. J'avais fait d'immenses lectures, qui auraient bien dû m'éclairer, mais je n'avais pris sans doute dans les livres que ce qui flattait mon pessimisme et mon orgueil, et non pas l'enseignement réel. Il m'aurait fallu un oncle homme d'esprit ou une maîtresse avisée. Camille était dans une situation identique, quoiqu'elle eût grandi dans une famille bohème. Mais les bohèmes n'en savent pas davantage que les bourgeois. Nous formions un couple inconcevablement novice. Orphelins tous les deux, en outre : elle avait perdu son père à treize ans ; j'avais perdu ma mère à sept ans. Nous avions été jetés dans la vie au sortir de l'enfance, non seulement sans le sou, mais sans instrument pour nous défendre. Personne ne nous avait dit ce qu'il faut faire, ce qu'il ne faut pas dire, comment on parle aux gens qui vous sont supérieurs par la situation ou l'esprit, etc. Personne ne nous avait enseigné ce corps de maximes de la bonne éducation grâce auquel on évite les désastres. On s'était borné à nous apprendre à bien nous tenir à table. Nous étions quasiment deux bêtes sauvages, mais avec la vertu des bêtes sauvages : la vigueur.

Dans mon aveuglement qui n'était pas qu'un aveuglement d'amour, je pensai que Camille allait se faire une jolie position au *Popu*. On l'y avait accueillie comme l'enfant de la maison. Le rédacteur en chef, Marcel Bidoux, lui voulait du bien. Lorsque Léon Blum, qui avait été déporté, fut rapatrié, on organisa une fête au journal, une sorte de vin d'honneur auquel on me convia. Blum prit la parole. Il était ému et essuya quelques larmes. On lui présenta Camille, qu'il embrassa tendrement. Ce baiser me flatta plus que si c'était moi qui l'avais reçu.

Le *Popu* était logé dans l'immeuble du *Matin*, boulevard Poissonnière, qui était somptueux, tout en boiseries blanches et moquettes beiges. Je voyais ma petite lionne installée dans ce bel endroit pour des années et en devenant bientôt, grâce à ses rares aptitudes, la vraie maîtresse. Elle n'y resta que cinq mois. On l'avait placée au service des Informations, sous les ordres d'un vieux bonhomme à l'esprit étroit et vindicatif, ancien fabricant d'assiettes à Limoges, appelé Mérigot, qui la prit en grippe au premier regard. A la réflexion, ce Mérigot n'était pas si vieux qu'il y paraissait, mais il avait une barbiche et des lunettes à monture de métal qui lui donnaient un air maussade, une allure désuète et provinciale qui ont laissé dans mon souvenir une impression de vieillerie. Camille avait un caractère ardent, des exigences, des dédains et un grand désir de bien faire, ce qui ne va jamais sans quelque obstination. M. Mérigot, reconnaissant là un tempérament aux antipodes du sien, entreprit de le briser ; mais il l'entreprit à sa manière, en maître d'école bougon ou en sous-officier. Il faisait des remarques acides à la cantonade, il obligeait à récrire deux fois le même article pour, en fin de compte, le jeter à la corbeille ; il commandait des reportages inutiles, etc. Ignorant tout du journalisme par-dessus le marché, ce qui indignait Camille, laquelle prenait à cœur les intérêts supérieurs du *Popu*, au lieu d'avoir la sagesse de s'en moquer et de faire tranquillement son trou. Elle ne se consolait pas que l'on eût confié un poste important à un pareil nigaud pour l'unique raison qu'il avait été pendant vingt-cinq ans secrétaire d'une section S.F.I.O. de la Haute-Vienne. De toute l'administration et de toute la rédaction du *Popu,* elle était à peu près la seule à prendre ce malheureux journal au sérieux, à voir en lui autre chose qu'une vache à lait ou une maison de retraite pour les membres du parti socialiste à qui l'on devait des politesses. Son âme jeune et honnête ne concevait pas que l'on pût ainsi trafiquer de ces choses sacrées que sont les fonctions des journalistes dans un journal. Cela lui semblait aussi scandaleux que de nommer par protection des incapables aux grands postes de l'État. Elle répétait à qui voulait l'entendre que le pauvre *Popu* courait à la ruine, ce qui était parfaitement exact et se vérifia deux ou trois ans plus tard, mais ses collègues et ses supérieurs étaient de si bonnes pâtes, ils croyaient si peu à ce qu'ils faisaient, qu'au lieu de s'offusquer de ces propos à la Cassandre, ils en souriaient avec indulgence.

J'embrassais fougueusement les querelles de ma femme contre les gens qui lui faisaient du mal ; je conçus à l'égard de M. Mérigot une aversion dont je ne suis pas encore revenu aujourd'hui. La rancune, quelque effort que je fasse pour m'en corriger, n'est pas un de mes moindres défauts. Avec son talent de conteuse, Camille me faisait des récits de ses persécutions qui m'enflammaient de colère. Je me rends bien compte cependant que cette créature brillante, violente, hautaine, ne devait pas être de tout repos pour un vieux marchand d'assiettes. J'imagine qu'elle lui manifestait un mépris écrasant, qu'elle lui répondait avec insolence, qu'elle lui donnait cent ridicules par jour, qu'elle se répandait en imprécations comme une héroïne de Corneille, ce qui ne l'empêchait pas d'aller pleurer de découragement ou de dépit dans les cabinets. Je lui téléphonais sans cesse, selon mon habitude, non pas tant pour lui prêcher la résistance — pour cela elle n'avait pas besoin de moi — mais pour entendre sa voix, vérifier qu'elle était vivante, qu'elle continuait à illuminer le monde pour moi par son existence. Ces coups de téléphone étaient la fable du *Popu*. Je passais pour un jaloux.

Tandis qu'elle souffrait ainsi sous M. Mérigot, je m'amusais ferme à *L'Aurore*. Je n'ai duré là que six mois, mais ces six mois-là sont les plus gais que j'ai connus dans le journalisme. On m'avait assigné une table dans un beau salon du premier étage que je partageais avec trois collègues : Forissier, secrétaire de rédaction ; Jacques Charles, rédacteur du service Étranger ; et Clouard, dit « Petite-Tête », chef des Informations comme moi. C'était les plus joyeux compagnons que l'on pût rêver. Nous avions des fous rires continuels, comme à quatorze ans à l'école. Les calembours, les contrepèteries, les charges à la Henri Monnier allaient un train d'enfer entre huit heures du soir et minuit. *L'Aurore* à cette époque, n'était pas le grand quotidien de droite qu'elle est devenue, mais un petit journal radical qui tirait à quarante ou cinquante mille et vivait cahin-caha. J'avais l'illusion d'être revenu cent ans en arrière et de travailler dans un de ces canards romantiques que Balzac a si joliment décrits. Forissier, Charles et moi, nous étions des réincarnations de Blondet, de Lousteau, de Bixiou. Notre directeur, dont nous approchions la ronde et rugissante personne chaque matin aux environs de midi à la conférence, me rappelait par certains côtés l'illustre Finot. Le local, bel hôtel d'autrefois déshonoré par des peintures ignobles et des cloisons en contre-plaqué, meublé de tables boiteuses couvertes de taches d'encre, de hideux bureaux à cylindre, de classeurs déglingués, évoquait je ne sais quel Paris du XIXe siècle, crasseux, pétulant, passionné, à cheval sur le passé et sur l'industrie. Jusqu'aux machines à écrire, lourdes comme des locomotives, noires, plus bruyantes que des fiacres roulant sur le pavé, qui avaient l'air antiques. Dans notre salon Louis XV aux boiseries piquetées et à la peinture marron, éclairé par des ampoules électriques pendant du plafond au bout de leur fil, nous nous livrions à mille folies plus agréables les unes que les autres. Nous racontions des histoires atroces, nous singions les indignations de M. Huret, le secrétaire général, nous mettions en boîte le tiers et le quart, nous persiflions les choses les plus augustes et les plus saintes. Chacun de nous faisait dix personnages en sus du sien propre. Nous débitions solennellement des idioties sur le ton sentencieux, nous prononcions des discours burlesques truffés des tics de langage de notre patron, imitant même sa façon de manger la moitié des mots et de se gratter les jambes en parlant. Nous commentions les nouvelles avec un cynisme affreux, etc. Tout cela est dans Balzac, rendu avec une telle perfection cent vingt ans à l'avance, que je n'éprouve presque aucun regret d'avoir oublié nos plaisanteries. Je puis bien dire que durant les six mois que j'ai passés à *L'Aurore,* j'ai été un vrai journaliste balzacien, drôle, féroce, ne respectant rien, capable de marcher sur le ventre de sa mère pour faire un bon mot. Il n'y manquait que les soupers fins chez Carabine ou Mme du Val-Noble après le théâtre. De ma vie je n'ai eu autant d'esprit qu'à cette époque-là. Je le dois pour moitié au moins à mes chers Forissier, Charles et Petite-Tête, qui étaient les meilleurs partenaires et le meilleur public que j'aie jamais rencontrés.

La présence de deux chefs des Informations à *L'Aurore,* dont le personnel était des plus restreints, est une singularité que je ne m'explique pas. Pourquoi diable M. Lazurick nous avait-il, Petite-Tête et moi, décorés de ce titre, d'autant plus que ni l'un ni l'autre nous n'en remplissions les fonctions ? Je ne me rappelle plus ce que faisait Petite-Tête ; quant à moi, dès que j'entrevis ce qu'on attend d'un chef des Informations, ce métier-là m'inspira un ennui sans nom et je m'arrangeai pour ne l'exercer jamais. Mon ambition était d'écrire dans le journal, non pas de fades reportages ou d'assommantes enquêtes, mais bien des éditoriaux qui me rendraient célèbre et redouté en moins d'un mois. Je m'employai si bien dans cette vue, j'actionnai Chatelain si adroitement qu'au bout de quelques semaines on me confia le billet quotidien. J'ai conservé ces articles et j'ai eu la curiosité de les relire. Il est inconcevable qu'on les ait publiés. Certains d'entre eux, où je proclamais avec virulence mes sentiments de gauche, sont dignes de *L'Humanité.* J'attaquais tout en vrac : le gouvernement, les institutions, l'armée, je réclamais à mots à peine couverts la révolution, j'encensais quand cela se pouvait le parti communiste, etc. Cependant, de temps à autre, j'avais un éclair de bon sens : plusieurs fois j'ai pris la défense des malheureux condamnés à tort et à travers par les comités d'épuration et les cours de justice. Je ne pense pas que ma chétive voix ait diminué leurs peines, mais je suis heureux, aujourd'hui, de l'avoir fait, en un temps où cette pitié-là n'était pas à la mode. Le bon Chatelain, toujours coiffé de moi, lisait assidûment ces billets et les trouvait fort beaux. Du moins ne manquait-il pas, chaque matin, d'y faire allusion avec un sourire entendu. A part lui, il ne m'en revenait guère d'échos. M. Lazurick me laissa écrire mes bêtises pendant deux mois à peu près, non sans que nous eussions de fréquentes prises de bec. Je ne m'entendais pas trop bien avec lui. J'ergotais, je prouvais que j'avais raison, j'étais impertinent. Il faisait la grosse voix ; je répliquais par des pirouettes ou des paroles ironiques. Le moment d'après, je mimais la scène devant mes trois amis qui s'étouffaient de rire. On pense bien qu'avec de tels rapports de directeur à employé, je ne risquais pas de faire de vieux os à *L'Aurore.* Chatelain s'entremettait continuellement entre M. Lazurick et moi, tâchant de me raisonner et de persuader le patron que c'était l'excès de talent qui me rendait insupportable. Mais lui-même, si j'ose dire, commençait à branler dans le manche et l'on méditait de se débarrasser de lui en rachetant ses actions. Son départ de *L'Aurore* suivit le mien d'assez près, à ce que je crois.

Je fus bien mortifié quand on me supprima mon billet quotidien. Je ne manquai pas d'attribuer ce coup à l'antipathie de M. Lazurick et à sa pusillanimité. Il était évident qu'un polémiste de ma trempe l'effrayait ! Je me posai en martyr, en homme qui ne transige pas avec sa conscience, etc. Bref, j'eus encore là une réaction tout à fait ridicule. Forissier, Charles et Petite-Tête me consolèrent avec des contrepèteries inédites. Néanmoins je commençai à craindre pour mes vingt mille francs. Mon caractère, décidément, était bien incommode. J'étais entré à *L'Aurore* dans les conditions les plus favorables, et voilà qu'en moins d'un trimestre, par une espèce de fatalité intérieure, je m'étais presque brouillé avec la seule personne de qui mon sort dépendît et dont j'aurais dû cultiver la bienveillance. Mais ma fierté de héros en disponibilité était fort sourcilleuse. Bien qu'un an se fût écoulé depuis mes derniers exploits, je conservais encore dans le cœur beaucoup de morgue guerrière, que la misère et les déconvenues avaient même aigrie. Les manières de M. Lazurick ne me revenaient pas ! Je le trouvais trop brusque, trop rond, pas assez délicat pour mon goût. Demi-solde incurable, j'éprouvais de l'irritation à être commandé, et commandé sans façon par un homme qui n'avait pas couru les mêmes dangers que moi. Mon côté bretteur, manche à sabre, mon côté Philippe Bridau se révoltait devant le despotisme de ce pékin. D'où mon attitude envers lui, les impertinences que je lui disais, les airs supérieurs que je prenais, le silence dédaigneux par quoi j'accueillais ses gronderies. Quant à lui, il devait me sentir tout hérissé et hostile, voire irréductible, et en être exaspéré. Je comprends à peine aujourd'hui comment il me souffrit durant six longs mois. Mieux encore : après qu'il m'eut retiré le billet, il s'ingénia à me donner des occupations grâce auxquelles je pusse apprendre un peu de journalisme. Je rendis compte du procès Pétain ; je griffonnai quelques reportages qui, contre toute attente, ne m'ennuyèrent pas. J'eus même une idée : un jour je me déguisai en mendigot et j'allai tendre la main à la porte d'une église. Je tirai de cette expérience deux ou trois papiers assez bons, où il y avait un grain de philosophie.

Je rejoignais chaque soir mes trois amis de *L'Aurore* avec un empressement d'autant plus vif que j'oubliais complètement en leur compagnie les tracas qui assaillent les jeunes pères de famille. Chez moi, rue Daubigny, je ne trouvais que la vie véritable, qui est bien fastidieuse, avec ses drames, ses complications, ses corvées et ses minuties. Camille avait fini par mettre Hélène à la porte. Il s'ensuivit quelques journées fatigantes, non que notre servante fût fort active, mais du moins elle passait le chiffon sur les meubles, faisait les courses et la cuisine et, si mal que ce fût, gardait les enfants pendant que nous étions au travail. Nous la remplaçâmes par une grosse femme qui avait l'accent du Midi, le teint jaune, le regard en dessous et des façons ignoblement papelardes. Par légèreté, par égoïsme, je me forçais à croire que c'était une bonne personne. C'était une mégère, au contraire, qui rudoyait Frédéric quand nous avions le dos tourné. Ce n'est qu'au mois d'octobre que le ciel nous secourut en nous envoyant une Bretonne chassée de sa ferme par des malheurs et contrainte de se placer. Cette excellente créature, que l'on appela aussitôt Nounou, fut un bon ange dans son genre. Grâce à elle, Frédéric et Clara eurent enfin une existence réglée et paisible, remplie des tendresses et des attentions si nécessaires aux bébés. Entre mille souvenirs que j'ai conservés de cette brave femme, celui-ci est curieux : sa chambre, où j'entrai une fois, sentait la pomme comme un cellier breton.

La belle mine de Clara dont nous nous réjouissions et nous enorgueillissions n'était qu'une apparence. Trois mois après sa naissance environ, elle tomba malade si violemment que nous crûmes qu'elle allait mourir. Le joli poupon qu'elle était devint une bestiole fripée, congestionnée, hurlante, grimaçante. Elle ne pouvait plus manger : dès qu'elle avait absorbé un biberon, son estomac le rejetait. Elle ne digérait même plus l'eau. En fait, cette maladie-là couvait depuis le début et Clara n'avait cessé de décliner. Nous avions essayé toutes les marques de lait possibles. En peu de jours, elle maigrit à faire peur. Elle n'eut bientôt plus, comme on dit, que la peau sur les os, une peau ridée et livide, toute rêche et grumeleuse. Son visage se ratatina. Une image de ce temps subsiste dans ma tête. Je suis debout dans la salle à manger, près de notre table en merisier du Marché aux Puces. Je tiens Clara toute nue dans mes mains, son petit derrière calé dans ma paume droite. Elle peut à peine remuer les membres, tant elle est affaiblie. Ses côtes se soulèvent spasmodiquement. Elle pousse des cris de douleur. Littéralement les larmes jaillissent de ses yeux enflammés. Je ne sais pourquoi, il me semble que ce tableau se situe au période le plus aigu de la maladie, à l'un de ces moments extrêmes où il suffit d'un rien pour que la mort l'emporte sur la vie. Je regarde ma fille avec tendresse, avec désolation ; je lui souris, je suis accablé par mon impuissance. Je voudrais donner la moitié de ma vie pour sauver celle de ma fille qui s'en va, mais ma vie est à moi et il n'y a pas moyen de la partager. Ce corps minuscule n'est pas de force à supporter tant de souffrance. En même temps, je suis persuadé que Clara ne mourra pas, pour la raison à la fois saugrenue et indiscutable que cela n'est pas dans la logique de mon destin. La mort de mon enfant ne s'accorde pas avec les catastrophes qui sont mon lot habituel. Ce serait une dissonance. Il ne m'arrive que des drames mineurs : blessures de vanité, désillusions, plaies d'argent. Le tragique n'est pas mon fait.

Je ne suis pas seul dans la salle à manger. La grosse mégère à peau jaune est là, poussant des lamentations hypocrites ; Camille est là aussi, et enfin le médecin. C'est un Alsacien placide, à lunettes et à nœud papillon, qui parle avec l'accent du baron de Nucingen. Il explique lentement de quoi il s'agit. Va-t-il me faire la morale parce que je n'ai pas su préserver ma femme du froid et de la faim pendant sa grossesse ? Non. Ce n'est point un juge, Dieu merci. Camille a un visage de pierre sur lequel je ne vois plus le moindre reflet d'amour pour moi : c'est une femelle implacable qui ne songe qu'à son petit. Je me figure son chagrin, si Clara mourait, qui m'effraye bien plus que le mien.

Moi, rien ne me touche profondément ; j'ai une âme à double fond qui recèle des trésors de philosophie. Je ne distingue pas tant de résignation dans celle de Camille mais, au contraire, des sentiments impétueux, des désespoirs, des imprudences. Je pense que cette scène s'est déroulée au début de l'après-midi, vers deux ou trois heures. En effet, le soleil avait tourné ; il avait quitté la façade et entrait à flots par les fenêtres sans rideaux de la salle à manger, qui donnait sur la cour. Mon souvenir s'arrête là, mais il s'arrête sur une impression très nette de délivrance. Clara est sauvée. Ce qui la consume n'est pas mortel. On va commencer par lui faire des piqûres de plasma ; ensuite on l'alimentera à l'aide d'une certaine poudre appelée « Pélargon » qui vient de Suisse. Il est très difficile de s'en procurer. Peu importe : on fera des prodiges.

Comme nous étions, Camille et moi, entrés en fonctions au mois de mai, nous ne prîmes pas de vacances cette année-là. Cela ne nous changeait guère. Nous avions quasiment oublié ce que c'était que les vacances : l'année précédente, nous nous amusions à libérer Paris; en 1943, j'étais dans la Résistance où l'on travaillait même le dimanche, et ma femme au mois d'août avait accouché de Frédéric, ce qu'on ne saurait considérer comme un repos. J'étais solide comme un chêne, je ne sentais jamais mon corps. Il ne me venait pas à l'idée que Camille pût être moins gaillarde que moi. En deux ans elle avait mis deux enfants au monde, elle avait tremblé vingt fois pour ma vie, elle avait eu froid et faim, l'abattement de la misère avait remplacé les terreurs de la guerre, et je continuais cependant à voir en elle la jeune fille intacte et forte que j'avais épousée le 22 mai 1942, accomplissant dans l'allégresse par un beau jour de printemps ce que Saint-Simon appelle le mariage de la faim et de la soif.

Avec un mélange de dévouement et de légèreté qui nous était particulier, nous nous saignâmes aux quatre veines pour que les enfants pussent passer un mois à la campagne, mais nous les confiâmes à la grosse femme jaune parce que nous n'avions personne d'autre sous la main, peut-être aussi parce qu'elle nous avait étourdis de ses protestations d'amour. Nous les envoyâmes dans un hôtel de Pont-de-Beauvoisin (Isère) tenu par un brave homme que notre jeunesse apitoyait et qui voulait bien nous faire crédit — trait unique, à ma connaissance, dans l'hôtellerie française. Clara était guérie, mais bien faible. Il était indispensable qu'elle changeât d'air pour consolider sa cure, fortifier ses poumons et retrouver son teint de porcelaine rosée. Quant à Frédéric, nous comptions beaucoup sur le menu abondant de l'hôtel pour le remplumer. Il en avait besoin, le pauvret.

On sait que l'avenir n'est jamais aussi sombre qu'on le craint, ni aussi heureux qu'on l'espère. J'observe quelque chose de semblable avec le passé. Je vois aujourd'hui à mon passé des couleurs qu'il n'avait pas au moment où je le vivais. C'est que j'ai oublié les innombrables détails des journées, les désirs fugitifs, les espérances d'un quart d'heure, les quarante passions minuscules qui se succèdent dans l'espace d'une matinée et font du présent une forêt compacte où l'on ne voit pas à un mètre devant soi. Combien de fois change-t-on d'humeur dans un jour ? Sans compter qu'en ce temps-là je dormais à poings fermés. Je m'éveillais le matin avec une vigueur qui était la composante principale de mon insouciance. Cette jeunesse que j'ai eue, et qui me paraît assez malheureuse quand je me la remémore globalement, ne fut pas si malheureuse à vivre. D'abord je ne connaissais pas mon avenir, ce qui est un avantage. Je ne savais pas que j'étais parti pour traverser sept ans de vaches maigres. Si j'avais eu la révélation de ce long chemin aride qui m'attendait, j'aurais été désespéré. Au contraire, je sautais du lit avec plaisir, avec bonne humeur, avec curiosité. Je partais à la chasse au bonheur comme Stendhal. Que dis-je ? Le bonheur, je l'avais en moi, qui chantonnait, qui gazouillait, qui m'emplissait des pieds à la tête. Le bonheur colorait tout en rose. Rien ne parvenait à m'abattre. Mes chagrins ne duraient pas plus de dix minutes. Mon corps sécrétait de puissants phagocytes qui les détruisaient. Enfin le monde était encore neuf : il m'amusait à chaque instant comme un cadeau. Je trouvais de la saveur à chaque personne que je rencontrais, fût-elle tout à fait insignifiante. Je m'arrêtais aux spectacles des rues. J'étais badaud autant qu'on peut l'être. Je causais des heures entières avec des copains de rencontre, aussi content d'écouter que de parler. Peut-être, sans le savoir, par l'effet de l'instinct artistique, emmagasinais-je le plus de sensations possible à un âge où elles marquent profondément et charment à coup sûr par leur fraîcheur, afin de les utiliser plus tard dans des œuvres, lorsque mon esprit serait devenu moins tendre mais plus puissant. Je n'hésitais pas à faire le coup de poing quand l'occasion s'en présentait, et ces bagarres mêmes, dont je gardais les stigmates sous forme d'yeux pochés et de lèvres tuméfiées, m'étaient agréables. Le souvenir m'est resté de l'une d'elles, à minuit, sous la pluie, place de l'Opéra, avec un soldat ivre, que j'avais provoquée de la façon la plus futile. Je sortais de *L'Aurore,* quelques papiers sous le bras. Ce brave garçon était adossé à la balustrade du métro ; il s'écria en rigolant : « T'en as une belle pipe, t'en as un beau papeau ! » Je ne sais quelle mouche me piqua : au lieu de passer mon chemin, je répliquai avec verdeur : « Et toi, tu es un beau c... » Là-dessus, je traversai. Au milieu de la chaussée, un rocher me tomba sur le dos : c'était le soldat ; il bredouillait avec fureur : « Je vais t'apprendre, moi, à traiter de c... un type de la

1re D.B. ! » Je reçus aussitôt une claque dans la figure qui envoya valser ma pipe, et un coup de poing dans l'estomac qui éparpilla mes papiers dans le ruisseau. Je ripostai et nous nous cognâmes dessus pendant plus de dix minutes avec des fortunes diverses. Je lui appliquai un crochet au menton qui le jeta par terre. C'était un adversaire déloyal ; il donnait des coups de pied, ce qui m'indigna. Je me rappelle que je lui fendis la lèvre. Je me rappelle aussi que ses poings étaient singulièrement durs. Deux ou trois voitures arrêtées éclairaient notre combat. La pluie striait la lumière de leurs phares. Un attroupement s'était formé. On finit par nous séparer. La foule, qui est toujours infâme, prit mon parti alors que c'était moi le responsable, parce que j'avais l'air d'un monsieur et que l'autre sentait un peu trop son ivrogne. J'eus quelque peine à empêcher qu'on appelât un agent. En rentrant chez moi, la cravate déchirée, ma pipe en morceaux, mes papiers détrempés, le visage enflé et bleu, j'étais heureux comme un roi. Je racontai avec force détails mon aventure à Camille, qui la trouva très sotte et ne m'admira pas du tout.

Je pense que c'est à ma bonne humeur, à l'espèce d'énergie qui sans doute émanait de Camille et de moi, au courage que la dureté de notre condition nous forçait de déployer, que nous dûmes d'avoir à cette époque si démunie de notre existence quelques amis dévoués, dont certains étaient plus riches que nous et nous aidaient discrètement. Cependant il est caractéristique que je n'aie jamais emprunté un sou à aucun d'eux, si difficiles que fussent les fins de mois, non pas par fierté de gentilhomme, mais plutôt par point d'honneur bourgeois : avoir des dettes m'eût semblé le comble de l'infortune. En outre, je ne voulais pas que l'on pût croire que mon amitié était intéressée. Plus l'ami était riche, moins je l'entretenais de mes soucis. J'éprouve quelque difficulté aujourd'hui à me représenter le couple que je formais avec Camille ; mais il est à présumer qu'on nous trouvait de l'intérêt et même du charme. Nous étions gais, point blasés le moins du monde, fort expansifs et d'un esprit mordant qui faisait rire. Sensibles aussi, toujours étonnés que l'on fît quelque chose en notre faveur et remerciant avec transport. Je suppose que notre principal attrait venait de ce que nous étions à la fois d'une intelligence assez vive et d'une naïveté complète. Les aventures, la misère, les lectures avaient glissé sur notre cœur sans l'entamer. C'est-à-dire que, quoique avisés, et capables même de raisonner sérieusement, nous n'entendions rien aux choses pratiques. Nous nous prenions pour des monstres de lucidité et de cynisme, nous croyions que les épreuves nous avaient trempés comme deux épées, alors qu'au contraire nous étions tout moelleux et tout purs, prêts à fondre à la moindre marque d'affection, incapables d'imaginer une noirceur, scrupuleux à l'excès dans les matières sentimentales, craignant toujours de paraître ingrats ou indélicats, et finalement éprouvant doublement les attachements que nous inspirions.

Je voudrais construire un monument aux quelques amis que nous eûmes dans ces années difficiles. Hélas ! je les ai presque tous perdus de vue, et je ne sais même pas comment cela s'est fait. La vie s'insinue comme des herbes et des feuilles entre les cœurs, elle croît comme une végétation sauvage, comme une jungle ; on s'aperçoit soudain que des kilomètres de forêt vous séparent d'un ami dont on était fort proche. Et c'est fini : on n'a pas le courage de traverser la forêt pour aller le rejoindre. Il faudrait couper trop d'arbres. On n'a pas le temps. On s'est constitué d'autres connaissances. En dix ou vingt ans, les caractères changent, et les préoccupations. Que se dirait-on si l'on se revoyait ? De temps à autre, on a une pensée mélancolique, un regret, un remords. Est-ce là tout ce qui demeure de l'amitié ? Non, ma foi, il y a heureusement autre chose : une espèce de douceur indestructible dans le cœur. Je ressens profondément cette douceur-là lorsque j'évoque le docteur Simon, qui nous soignait gratis et nous emmenait déjeuner à l'auberge du *Coq-Hardi*. Je la ressens lorsque je pense au meilleur ami de ma vingt-cinquième année, Gaston Boyer, qui fut pour moi comme un oncle un peu fou. Où est-il aujourd'hui, cet homme avec qui j'ai été tout à fait intime, qui nous aimait, qui croyait en moi, dont l'affection était toujours bienfaisante et jamais importune ? Je ne le sais même pas. Gaston Boyer a fait pour moi une chose inestimable : il m'a donné aveuglément raison contre le monde, c'est-à-dire qu'il m'a pris comme j'étais, sans chercher à me réformer, hasardant tout juste de temps à autre un conseil pratique, approprié à mon caractère non seulement par le fond, mais encore par la forme. Je me rappelle que j'étais constamment étonné par sa délicatesse dans les rapports, vu le personnage qu'il était et la réputation de « force de la nature », de héros balzacien, de bâtisseur, qu'on lui faisait à Paris. Camille et moi nous ne connaissions de lui que des qualités de cœur, une rare générosité et une élégance parfaite dans le procédé. Si je ne m'étais retenu, j'aurais fait appel à lui dix fois par jour, tant j'éprouvais de confiance. Il me rendit service à deux ou trois reprises, à sa manière, c'est-à-dire en paraissant n'y attacher aucune importance, en plaisantant, en parlant d'autre chose. Et pourtant c'était de signalés services : l'un d'eux consistait à mettre à ma disposition une voiture avec un chauffeur, pour que je puisse apporter à temps je ne sais quel médicament à Clara que l'on avait envoyée en convalescence près de Fontainebleau.

La personne physique de Boyer est restée aussi intacte dans ma mémoire que son âme, phénomène rare, et qui prouve la force du sentiment qu'il m'inspirait. Écrivant ceci, je vois distinctement devant moi son visage, ses cheveux gris, ses lunettes et jusqu'à une certaine façon gouailleuse qu'il avait de sourire. Il vous regardait avec un air de moquerie légère qui me déconcerta dans les premiers temps, parce que j'y attachais des significations précises, mais qui ne traduisait que sa métaphysique intime : à savoir que rien n'est important, qu'il ne faut rien prendre sérieusement, que le monde est une mascarade et la vie une comédie. On imagine combien ces dispositions, lorsque je les connus, me plurent : j'étais tel, moi-même, dans le fond de mon cœur. Boyer me justifiait sur tous les plans : je l'aimais, je l'admirais, et il me fournissait la preuve que l'on pouvait réussir dans la vie avec une âme assez semblable à la mienne. D'ailleurs il lui arriva par la suite une catastrophe très analogue à celles qui m'arrivaient, quoique de bien plus de conséquence.

Il avait été pendant un an une sorte de puissance dans la presse parisienne. Il était directeur d'un journal du soir qu'il menait pour ainsi dire à la cravache. Cette énergie n'inquiétait pas seulement ses confrères : elle effrayait aussi ses associés, gens délicats, choqués parce qu'il imprimait de gros titres et forçait sur le fait divers. Boyer pensait qu'un journal ne se fait pas sans livrer dix batailles par jour. Il les livrait et les gagnait, c'est-à-dire que ses reporters arrivaient toujours les premiers, qu'il obtenait de meilleures informations que les autres, des allocations de papier plus élevées, etc. Les associés auraient préféré qu'il leur confectionnât un journal bien sage, ennuyeux si possible, et *qui ne se fît pas remarquer*. En outre, le succès de Boyer les indisposait. C'était évidemment de petites gens qui préféraient leurs passions à leurs intérêts. Il n'était que de le voir au milieu d'eux : il offrait le spectacle toujours piquant de l'homme supérieur obligé de rendre des comptes à des sots et qui affecte la subordination, tandis que le mépris et l'ironie éclatent dans chacune de ses paroles. Les sots sont très sensibles à une telle attitude. Ceux-là cherchèrent pendant plusieurs mois l'occasion de se défaire d'un homme qui les enrichissait en les humiliant et qu'ils détestaient d'autant plus qu'ils étaient contraints de lui faire des sourires. Ils y parvinrent je ne sais plus comment. Probablement en lui tendant de ces pièges que les personnes médiocres disposent avec tant d'adresse parce qu'elles y consacrent toutes leurs facultés. Il y tombait à pieds joints, comme on s'en doute, tout occupé de son affaire, et peut-être aussi par dédain de se précautionner contre de si pauvres manœuvres. Enfin on mit le nez dans ses comptes, qui devaient être un peu en désordre, quoiqu'il fût l'honnêteté même. De là on lui machina un procès, qu'il perdit. Le journal en mourut, mais lui ne s'en releva pas.

Je n'étais que l'ami de Boyer; je n'étais pas son employé, m'étant toujours abstenu dans mon excessive pudeur de petit-bourgeois de lui demander du travail, qu'il m'aurait certainement fourni, mais l'idée qu'il pût croire que je le recherchais par intérêt m'aurait été intolérable. Je ne le voyais que pour notre plaisir réciproque. De temps à autre, il nous offrait à dîner. J'étais tout à fait content avec cela ; je n'en demandais pas davantage. Il ne me déplaisait pas non plus d'être sur un pied d'égalité avec lui, de ne lui devoir rien d'autre que les services qu'on accepte sans façon d'un ami plus fortuné que soi. J'avais le sentiment, en le regardant agir, en recevant ses confidences, en l'encourageant, en le soutenant, de faire une espèce d'apprentissage de la vie, dont je tirerais le profit plus tard. Je ne le considérais pas comme un maître — cela n'était pas dans ma manière —, mais comme un spécimen d'humanité particulièrement réussi et charmant, comme un modèle. Il m'enseignait par l'exemple une certaine forme d'audace intellectuelle, et ce fatalisme qu'ont les hommes investis de vastes responsabilités.

Lorsque son procès survint, j'observai pour la première fois de ma vie, par conséquent avec indignation et stupeur, comment fonctionne la société quand elle s'applique à éliminer un de ses membres. Boyer fut enveloppé dans un complot absolument semblable à ceux par lesquels on prépare les assassinats politiques, et dont le but était son assassinat social. Lui qui était irréprochable, qui était l'honneur même, on le couvrit des calomnies les plus vulgaires, on le chargea de forfaits invraisemblables que les juges examinaient sérieusement, on fit jouer des influences politiques pour le couler, on déclencha des campagnes diffamatoires. Il se défendit comme un lion, mais la partie était mal engagée ; les coups qu'on lui portait étaient si bas qu'il ne les prévoyait jamais. Je ne sais quelle prescience m'avertissait, pendant le procès, que mon ami était perdu. Je ne disposais d'aucun élément pour me former une opinion ; j'ignorais de quoi on l'accusait ; lui-même, lorsque nous causions, affectait beaucoup de confiance et se disait sûr de la victoire ; cependant, dès qu'on entama la procédure, je sus de science certaine que le désastre était au bout. Il y avait quelque chose de fatal dans la carrière de Boyer qui fut, dans son genre, napoléonienne, c'est-à-dire éclatante et brève, et qui s'est close par une tragédie, sanction fréquente de la grandeur d'âme. Les conjurés qui s'acharnaient sur lui étaient prêts à tout détruire pour l'abattre. C'étaient des Brutus en miniature, des *desperados* de la rancune. Une pareille folie ne se déchaîne jamais contre les gens qui vous ont causé du dommage, et auxquels on pardonne facilement, mais contre ceux qui vous ont fait un peu trop de bien sans y mettre assez de tact. Boyer, dans cette épreuve, fut remarquable comme à son accoutumée. Je me le rappelle encore me peignant, avec son sourire moqueur, la noirceur de ses adversaires et en tirant la morale pour mon usage. J'écoutais ces leçons en tremblant de colère et en m'étonnant de sa placidité devant tant d'impudence. J'aurais voulu pourfendre ses ennemis. La seule aide que je pus lui apporter fut d'aller, sur la demande de son avocat, déclarer à la barre que c'était le meilleur des hommes et le plus probe. Ces sortes de témoignages ne pèsent guère.

Grâce à Boyer, nous sortîmes de Paris pendant l'été 1945. En effet, il nous invita à passer un week-end au mois de juin dans une maisonnette qu'il possédait dans un village dont je n'ai pas oublié le nom : Ventelay. Il faisait un temps superbe. Camille et moi, nous étions blancs comme des navets ; nous rentrâmes à Paris roses comme des langoustines. Ces deux jours ont laissé une trace très heureuse, une lueur aimable dans les profondeurs où, depuis que j'ai commencé ce livre, je descends chercher mes souvenirs. J'avais apporté le manuscrit du *Complexe de César,* qui était bien avancé. Boyer nous en faisait des lectures, de sa voix gouailleuse, en s'interrompant quand une idée lui plaisait, pour s'extasier et s'écrier que j'avais du génie. Je buvais du lait, comme on peut croire ! Que mon premier admirateur fût en même temps mon meilleur ami ne me gênait pas du tout. Je ne soupçonnai pas une minute qu'il pût être partial. J'étais heureux au contraire de lui montrer que je n'étais pas seulement un garçon dégourdi et agréable, mais encore un bon écrivain. Lire à haute voix le manuscrit de son invité, voilà le procédé le plus exquis dont on ait jamais usé à mon endroit, et bien caractéristique de Boyer. Le reste du temps, nous jardinions, nous causions, nous faisions d'excellents repas.

Nous nous promettions une telle joie de cette invitation à Ventelay que rien au monde ne nous aurait empêchés de nous y rendre. Nous confiâmes les enfants à ma belle-mère, qui les installa chez elle. Clara présentait déjà les symptômes de sa maladie, mais je refusai d'en convenir. Je déclarai énergiquement que ce n'était rien, que ce n'était qu'un de ces malaises de bébé qui passent tout seuls. A notre retour le lundi matin, ma belle-mère nous dit qu'elle avait crié toutes les nuits. L'horrible scène dans la salle à manger de la rue Daubigny, que j'ai racontée, dut avoir lieu quelques jours plus tard. Il est des temps où la nécessité ne vous laisse aucun répit, où il semble que l'on n'a droit à rien, où le moindre relâchement reçoit un châtiment épouvantable. Chose étrange, je m'attendais presque à payer très cher les deux journées de vacances que nous avions eues en trois ans, et l'aggravation de la maladie de Clara me surprit à peine, non que je l'eusse prévue : mon insouciance suffisait à me rassurer là-dessus; mais j'étais pris alors dans une telle suite d'ennuis que j'étais devenu superstitieux. J'accueillais en tremblant tout ce qui pouvait ressembler à une grâce du destin. L'un des pires effets de l'adversité, c'est cette méfiance qu'elle insinue dans le cœur, ce sentiment de culpabilité vague qui empoisonne les rares bonheurs qu'on rencontre, cette crainte constante de les expier par un redoublement d'infortune. Les malchanceux finissent par s'accoutumer du guignon, par s'enliser dans une existence morose et pessimiste, et à y trouver même une satisfaction amère.

En passant en revue les amis que j'ai eus tout au long de ma vie et surtout pendant ma jeunesse, je constate que mon goût m'a le plus souvent porté vers des hommes un peu différents des autres et presque toujours vulnérables par quelque côté, comme si je sentais en moi une force morale qu'il était de mon devoir de partager avec eux. Parmi les chimères que j'ai caressées longtemps, il y avait au premier rang celle du protecteur. Pendant des années, j'ai espéré rencontrer un homme qui eût été mon aîné, qui se fût pris d'affection pour moi, qui m'eût aidé paternellement et qui m'eût lancé. Je ne l'ai jamais trouvé, bien entendu, et il m'a fallu tout faire tout seul. J'en déduis que je n'étais pas de ceux qu'on protège, mais plutôt de ceux dont la mission est de protéger les autres. D'ailleurs mon instinct dans ce domaine était infaillible. A l'âge où l'on cherche à plaire aux importants afin qu'ils vous halent derrière eux, mon démon intérieur me poussait à décourager les personnages vraiment puissants qui auraient eu la fantaisie de s'intéresser à moi, et à me lier avec des gens inutiles. J'ai dit plus haut comme le succès m'inspirait de l'éloignement. Ce n'était pas tant le fait de l'envie ou du dépit, mais plutôt de la crainte. Moi qui ne réussissais rien et qui avais une déveine persistante, j'étais intimidé devant les gens qui avaient réussi grâce à leur chance ou à leur mérite. Prenez un individu menant en banlieue une existence étroite, occupée à compter les morceaux de sucre et à économiser sur les tickets d'autobus ; parlez-lui d'une vie large et prodigue, de boîtes de nuit, de casinos, de belles femmes, de séjours sur la Côte d'Azur : il sera épouvanté. Je ressentais quelque chose d'analogue. Au fond j'étais bien tranquille dans ma pauvreté : je n'étais pas encore entré dans le monde ; mon sursis continuait. Ce que je faisais ou ne faisais pas était sans importance. Par exemple, un jeune ambitieux aurait exploité les relations que je m'étais constituées à la Fédération de la Presse ; en un clin d'œil, il eût décroché une situation quelque part, car on manque toujours de garçons brillants. Pour moi, le seul homme que j'honorai de mon amitié fut Chatelain, qui était complètement étranger au journalisme et en qui je devinais un cœur affectueux, une facilité, une gentillesse, un désir d'aimer ce qu'on admire, incompatibles avec la dureté et l'égoïsme qui procurent les réussites sociales.

La catastrophe de Boyer m'éclaire aujourd'hui sur l'affection réellement profonde que j'ai éprouvée pour lui. Je sentais qu'il y avait en lui quelque chose de faible et d'exposé, quelque chose de précaire. En d'autres termes, mon instinct me soufflait que, malgré les apparences, de nous deux, c'était moi l'homme fort. Lorsqu'il fut malheureux, je ne l'en aimai que davantage. Il me donnait ainsi l'occasion de pratiquer la vertu la plus enracinée en moi : la loyauté. Je lui restai inconditionnellement fidèle au milieu de ses infortunes. Il y a plusieurs exemples de cette loyauté dans ma vie. Très souvent il m'est arrivé de préférer un ami ou une cause en péril à mon propre intérêt et même à me perdre avec eux. Le genre traître me cause une horreur insurmontable. Je ne le mentionne pas pour qu'on m'admire, mais comme trait de caractère. Chacun prend son plaisir où il le trouve, dit le proverbe. Moi, je le trouve là. C'est un plaisir d'autant plus aigu qu'il comporte une part de sacrifice. La vertu de loyauté me plaît encore dans la mesure où elle exprime une tendance profonde de moi, qui est l'esprit de contradiction. En effet, être loyal envers quelqu'un, c'est aller à contre-courant, c'est s'opposer aux personnes ou aux événements qui l'accablent, c'est être un original, enfin.

Avec mon départ de *L'Aurore,* en novembre, se termina l'une des périodes les plus heureuses de ma jeunesse. Les dernières semaines que j'y passai furent assez pénibles. Chaque jour j'avais quelque querelle avec M. Lazurick, à l'égard de qui je me montrais de moins en moins endurant, et qui ne l'était guère, lui non plus. Il me semble toutefois que nous nous séparâmes dans des termes honnêtes, sans cris, constatant seulement l'un et l'autre que nous ne pouvions nous entendre. Je perçus mon indemnité de licenciement qui représentait un mois de salaire, quinze jours de congé et six douzièmes du mois double qu'on paye dans le journalisme à la fin de l'année. Avec les appointements du mois en cours, je me trouvai ainsi à la tête de soixante mille francs, ce qui était plus que je n'avais jamais possédé. Pour une fois, je tâchai d'être prudent. Je portai la somme à la banque sans en distraire un sou. Ce pécule me permettrait de « voir venir », selon la formule des besogneux, car j'étais sur le pavé. Je regrettai fugitivement d'avoir quitté six mois plus tôt *Libération,* où j'étais inexpugnable. Chatelain, Forissier, Charles, Petite-Tête me souhaitèrent bonne chance et sortirent de ma vie.

A part les soixante mille francs de *L'Aurore,* nous n'avions plus pour vivre que les quelques milliers de francs que gagnait Camille. Incapable de supporter plus longtemps son marchand d'assiettes, elle avait démissionné du *Populaire,* malgré les promesses d'augmentation qu'on lui avait faites, et était entrée à l'agence Reuter, par une de ces impulsions qu'elle a quelquefois. Reuter, agence de presse anglaise, était un endroit où l'on travaillait dur sous la férule d'Harold King, chef du bureau de Paris, journaliste de premier ordre et patron exigeant. L'atmosphère laborieuse de l'établissement plut à tout ce qu'il y avait de sérieux et d'appliqué dans le caractère de Camille. Elle avait une extrême considération pour le métier de journaliste, qui avait été celui de son père, et qu'elle avait appris à révérer dès l'enfance. Elle pensa qu'à Reuter elle acquerrait en quelques années une formation grâce à laquelle elle pourrait prétendre aux plus hauts postes dans cette carrière. Nous étions très ambitieux à cette époque ; Camille, qui avait travaillé depuis l'âge de dix-huit ans, ne soupçonnait pas qu'elle pourrait un jour goûter des joies plus douces dans les occupations ménagères d'une femme oisive. Au contraire, cette fille ardente désirait encore plus que moi mettre son empreinte sur le monde. Reuter lui offrait précisément les travaux obscurs, fastidieux, fatigants et difficiles par lesquels on se forge un vrai métier. La personne de King l'attirait aussi, homme au cœur vaste et revêche, bougon, jamais content, demandant toujours plus qu'on ne pouvait donner et l'obtenant évidemment, ne s'embarrassant d'aucune question humanitaire. Ces caractères-là, où il n'entre point de sensiblerie, sont très bienfaisants. Ils font régner autour d'eux une morale rude et salubre ; à vouloir leur plaire, on oublie ses chagrins, ses misères, ses mollesses et même sa fatigue. Par leurs exigences ils obligent les hommes à se surpasser constamment, ce qui entraîne une meilleure estime de soi, et de la fierté. Bref, King était un maître authentique, c'est-à-dire qu'au lieu de flatter les hommes et de les entretenir dans leurs défauts, il les fouettait et les améliorait. Le contraire du démagogue et même du démocrate. Lorsque je le connus, il ne me plut pas du tout, mais à l'usage, il devint l'un de mes amis les plus chers. En vieillissant, j'ai appris à aimer par-dessus tout ces natures toutes droites et violentes dans lesquelles il n'y a pas de place pour le mal et qui expriment dans toutes leurs actions un rude amour de l'humanité et de Dieu.

Décidé à ne toucher à mes réserves que le plus tard possible, je me mis en quête d'un emploi dès le lendemain de mon expulsion de *L'Aurore*. J'avais une idée de demi-solde derrière la tête : puisque les civils me rejetaient, j'irais trouver un vieux compagnon d'armes qui ne manquerait pas, lui, de m'ouvrir les bras. Il s'agissait de Chabot, que j'avais connu à Lyon en 1943, alors qu'il dirigeait le mouvement « Franc-Tireur », lequel éditait un journal clandestin et devint par la suite l'un des trois « Mouvements Unis de Résistance » ou M.U.R., les deux autres étant « Combat » et « Libération ». Nous nous rencontrions parfois dans les bouis-bouis où fréquentaient les résistants, gens imprudents, qui se connaissaient tous entre eux, comme une corporation. J'aimais bien Chabot. Il était gai et chaleureux, il avait toujours le mot pour rire et ne posait point au héros. Enfin, quoique nous ne nous vissions pas souvent, je sentais qu'il avait de la sympathie pour moi.

Le *Franc-Tireur* a disparu il y a une dizaine d'années, après une longue maladie de langueur et de vains efforts pour le maintenir en vie ; mais en 1945, c'était une feuille qui avait du ton et du mordant, et qui se vendait passablement. Pour ma part, je le lisais avec un plaisir très vif, car c'était le journal même des demi-soldes : hargneux, méchant, dénigrant, tournant tout en dérision, recherchant voluptueusement les scandales pour les dénoncer sur le ton de l'indignation ironique. Son dessein était de prendre la place qu'occupait *L'Œuvre* avant la guerre. Souvent j'avais comparé en soupirant ce brûlot à la fade et sage *Aurore* où, quelle que fût ma folie, je me croyais tenu de garder quelque bienséance. Je me disais qu'il devait être bien agréable de collaborer au *Franc-Tireur* quand on avait le sang bouillant comme moi. Je prenais pour de la générosité ce qui n'était que du fiel, confusion que l'on fait volontiers quand on est jeune.

Comme je l'avais prévu, Chabot, qui était directeur du *Franc-Tireur*, me reçut avec effusion. Je lui racontai mes mésaventures et lui demandai tout à trac une place de rédacteur. Pour une fois je ne fus pas maladroit, mais c'est que je connaissais le langage de Chabot et qu'entre demi-soldes on s'entend. Mon camarade me répondit : « Arthur, tu es ici chez toi » ; il me prit par la main et me présenta à la rédaction. Nous terminâmes cette visite par le rédacteur en chef. Celui-ci, petit homme morose et gris, nommé Tréno, ne se leva pas de sa chaise quand nous entrâmes dans son bureau et me considéra froidement par-dessus ses lunettes. Je crois me rappeler qu'il chantonnait ou sifflotait doucement et battait la mesure avec son pied en nous écoutant. Il ne fit pas un sourire. Il me sembla que Chabot ne lui parlait pas comme un directeur à son employé, mais plutôt comme un homme un peu timide à un autre homme qui le domine. Rien de plus différent, d'ailleurs, que ces deux personnages : Chabot, expansif, affectueux, bavard, heureux de faire le bien ; Tréno, hostile, gourmé, boutonné jusqu'au menton, disant un mot par-ci par-là d'une voix sourde et railleuse. J'eus l'impression que Chabot regrettait soudain d'avoir cédé à son bon naturel et de m'avoir étourdiment embauché. On m'expliqua surtout, au cours de cette entrevue, que le *Franc-Tireur* n'était pas riche et que l'on ne saurait me donner, en fait de salaire, que le minimum syndical. Je suis très étonné de constater comme, à cette époque, je me méfiais de mon cœur. Tréno me glaça ou, plutôt, jeta sur l'allégresse que la fraternité de Chabot m'avait insufflée un nuage de tristesse, mais je chassai tout de suite ce sentiment en me disant, selon le stupide proverbe, qu'il ne faut pas se fier aux apparences et que j'attribuais des significations défavorables à une attitude habituelle sans doute. Dans ma candeur de petit philosophe, je n'imaginais pas que l'on pût déplaire à quelqu'un au premier coup d'œil, ce qui était le cas, pourtant. J'avais appris à la Sorbonne que tous les effets ont une cause. N'en voyant pas à l'antipathie de Tréno, j'en concluais qu'il n'y avait pas d'antipathie et *que je me faisais des idées*. Du reste, comment cet homme, dont je goûtais fort les articles virulents dans *Le Canard enchaîné* et le *Franc-Tireur*, eût-il éprouvé de l'aversion pour un garçon qui partageait ses opinions ? Il m'a fallu plusieurs années, et publier beaucoup de livres, pour comprendre que la haine et l'amour s'appuient rarement sur des raisons sérieuses. Les critiques littéraires m'ont bien éclairé là-dessus. Il y en a une douzaine dans la presse française qui m'éreinteront toujours, quoi que je fasse, et même si cela a des qualités. Ce n'est pas tant ce que j'écris qu'ils détestent, mais comment je l'écris. Ma musique les fait grincer des dents, quelles que soient les idées qu'elle accompagne. Or cette musique, c'est le plus vrai et le plus intime de moi. En la rejetant, ils me rejettent, moi, être humain particulier, unique dans son genre, irréductible, différent de ce qui leur plaît. Rien à faire contre cela, ainsi que naïvement je l'ai cru longtemps. Cela se situe au-delà de la bonne foi, dans des régions obscures où ne pénètre pas le raisonnement. Il se produit un phénomène analogue dans les rapports sociaux. Certaines personnes vous déplaisent violemment sans motif, et il faudrait beaucoup de persévérance et de modestie pour revenir sur cette première impression, or la plupart des hommes, comme on sait, ne sont ni persévérants ni modestes. Je sais maintenant qu'il existe dans le monde une catégorie de gens qui ne m'aimeront jamais, qui tâcheront toujours de me nuire ou de m'éliminer, quoique je ne leur aie jamais causé le moindre tort et qu'ils sentent que je ne leur en causerai jamais. Ce sont ces sortes de choses, impossibles à deviner ou à déduire logiquement, qu'enseigne l'expérience. A l'âge que j'ai à présent, on prend son parti de ces aversions, on vit avec elles comme avec ces maladies bénignes et incurables que l'on traîne jusqu'au dernier soupir : urticaire ou rhumatisme. Mais, à vingt-cinq ans, c'est une autre affaire : on souffre, on se gratte avec frénésie, on s'échine à plaire et, en désespoir de cause, on donne tête baissée contre l'ennemi.

J'étais fier que l'on m'eût admis si facilement au *Franc-Tireur*, ce saint des saints de la presse progressiste, et tout heureux d'avoir retrouvé ce bon Chabot qui se serait fait tuer plutôt que de laisser un copain « sur le sable », comme il disait. Je crus que j'avais enfin rejoint, après bien des tâtonnements, ma vraie tribu. Tous les membres de la rédaction, y compris Tréno, me semblèrent charmants. C'était des hommes de gauche, comme moi, et même encore plus excessifs que moi. De la première à la dernière colonne du journal, on eût en vain cherché un mot d'approbation pour quelqu'un ou d'admiration pour quelque chose. Il régnait au contraire une joyeuse ardeur, qui me ravissait, à tout décrier et à tout détruire. Ce n'était pas seulement le journal des demi-soldes, mais aussi le journal des garçonnets revanchards. J'étais comblé ! Mes collègues n'étaient pas moins sarcastiques dans leurs paroles que dans leurs écrits. Ils n'acceptaient rien pour argent comptant. Sous l'information la plus plate, derrière l'événement le plus simple, ils voyaient des noirceurs, des combinaisons sordides, des perfidies. Cela m'amusait énormément. Jobard comme j'étais, je m'émerveillais devant une connaissance du monde si profonde et si désabusée. J'essayai par tous les moyens de prouver à mes nouveaux collègues que j'appartenais à la même race qu'eux ; je les écoutais avec intérêt ; je les approuvais chaleureusement ; j'en rajoutais sur leurs professions de foi et sur leurs jugements pessimistes ; je m'esclaffais à leurs calembours (qui ne valaient pas, de loin, ceux auxquels on m'avait habitué à *L'Aurore*) ; je leur offrais des demis à la cantine de l'établissement. Je devais avoir l'air d'un apprenti qui s'évertue à attraper le ton de ses aînés. Mais je déployai sans doute trop de zèle, car mes efforts ne portèrent aucun fruit. A part Chabot, qui se désintéressa de moi dès le troisième jour, et que je ne revis plus par la suite que de loin en loin, pour me plaindre, ce qui l'assommait, personne à la rédaction du *Franc-Tireur* ne m'accepta, comme si l'hostilité immédiate et instinctive que Tréno avait éprouvée à mon égard eût été contagieuse. Je crois d'ailleurs me souvenir que le journal était principalement peuplé de ses créatures, lesquelles calquaient leur conduite sur celle de ce tyranneau. A mon accoutumée, les seuls amis sincères que je me fis furent des cyclistes et des dactylos.

Il était sans doute écrit dans le grand Livre des destins que jamais la gauche ne désarmerait devant moi, qu'elle se méfierait de moi sans relâche et me repousserait impitoyablement. Qu'y avait-il donc dans mon caractère qui lui parût si incompatible avec elle ? Je me le suis longtemps demandé. On ne pouvait donner plus de gages, afficher une conviction plus ardente, manifester plus de bonne volonté que je ne faisais ; mais il faut croire que les gens les plus bornés — et Dieu sait s'ils l'étaient, à *Libération* et au *Franc-Tireur* — ont une faculté de double vue. Ils lisaient en moi mieux que je n'y lisais moi-même. Au-delà de mes discours et de mes attitudes, ils distinguaient mon vrai tempérament, qui est celui d'un artiste, c'est-à-dire d'un aristocrate. J'entends par ce mot un homme appartenant à une caste fermée et détenant certains privilèges, ce qui le rend indifférent à maintes préoccupations essentielles aux yeux du vulgaire. A la vérité, j'étais un loup introduit en fraude dans la bergerie progressiste. Je voulais être mouton de toutes mes forces. Je me déguisais en mouton ; je bêlais de mon mieux ; mais on ne peut rien contre la nature, elle finit toujours par se trahir : à mes bêlements il se mêlait parfois, à mon insu, un rauque aboiement de loup par quoi les moutons découvraient la supercherie. J'ignorais qu'il ne suffit pas de montrer patte blanche, mais qu'il faut encore la montrer d'une certaine façon. Je ne possédais pas les manières de la gauche, lesquelles, à vrai dire sont fort difficiles à attraper, ni son langage. Un homme de gauche authentique est commun, mais non pas grossier ; il parle politique en employant les slogans de son parti ; il aime le peuple abstraitement et croit à la perfectibilité de l'homme, ce qui lui permet d'être distant avec les inférieurs, voire méprisant, en toute tranquillité de conscience. Quelque lourdeur et quelque *gaucherie,* si l'on ose risquer ici ce terme, ne nuisent pas, du moins on les apprécie plus que la légèreté et l'esprit. J'étais le contraire de tout cela, et incapable de m'y plier. J'avais un vocabulaire rabelaisien, mais mes manières n'étaient pas communes, double faute. J'avais trop lu les philosophes et les bons auteurs pour croire un instant qu'on peut améliorer les hommes. Quant aux inférieurs, ou prétendus tels, c'était infailliblement vers eux, comme on sait, que me portait mon cœur ; il m'eût semblé du dernier mauvais goût de leur faire sentir une supériorité quelconque. Je gardais des libertés de jugement qui offensaient mes camarades, une bonne foi qui contrastait avec leurs partis pris et un cynisme bien propre à faire horreur à des gens à idéologie. Sans parler de mes plaisanteries, toujours prises en mauvaise part. Je ne m'apercevais de rien, évidemment, ou plutôt, dans mon ingénuité, je pensais que l'extérieur ne compte pas, alors qu'il est tout, et je me désolais de l'éloignement que me témoignait ma propre famille d'esprit. Je me disais qu'il en est ainsi, hélas ! de toutes les familles : c'est là qu'on est le moins compris. Il ne me serait pas venu à l'idée d'aller par dépit chercher des consolations et de l'amitié dans la droite.

Il ne fallut pas plus de trois mois à Tréno pour consommer ma perte. Cela se fit le plus simplement du monde, et presque sans douleur : il s'abstint de me donner du travail. Ma signature figura quatre fois en tout dans le journal, encore était-ce au bas de reportages ridicules, ce qu'on appelle « les chiens écrasés ». Il était tacitement entendu que j'étais le plus misérable et le plus bête ; quand par hasard on me confiait quelque sujet à traiter, c'est que personne n'en avait voulu. Il était difficile de briller dans ces laissés pour compte. Si même j'arrivais à y mettre de la fantaisie, j'étais sûr que Tréno ou l'un de ses sbires passerait derrière moi pour la sabrer et rendre mon pauvre articulet aussi ennuyeux que possible.

De temps en temps je me glissais dans le bureau de Tréno, pendant les heures de coup de feu, quand il y avait dans ce lieu un va-et-vient constant de rédacteurs apportant leur copie ou demandant des ordres. J'espérais qu'on me remarquerait. Je souriais vaguement dans mon coin. Parfois, je mettais mon grain de sel, afin que l'on se souvînt que j'existais et qu'au besoin je pouvais être utile à quelque chose. Peine perdue. Mes paroles et mes sourires tombaient dans le vide. Tréno feignait d'ignorer ma présence. Il sifflotait entre ses dents et battait la mesure avec son pied. Lorsque son regard s'égarait sur moi, son visage prenait une expression embarrassée qui m'étonnait beaucoup. Une mauvaise langue m'expliqua plus tard qu'il redoutait que je ne me livrasse à quelque brutalité sur lui, crainte qu'il éprouvait quelquefois, paraît-il. J'avais le sentiment accablant de compter pour du beurre. Les collaborateurs du journal défilaient, bavardaient avec confiance, riaient, faisaient des mots, Tréno prenait le genre pince-sans-rire et disait des épigrammes d'un ton morne. Moi seul j'étais exclu de cette fête quotidienne. J'étais le pestiféré, j'étais le paria.

Je ne fus pas long à éventer la manœuvre du rédacteur en chef et j'allai l'exposer à Chabot, qui m'écouta d'un air très ennuyé. Il me dit que je me trompais, que Tréno était un excellent homme et que tout le monde m'aimait bien. Je connaissais ce genre d'apaisements, qui me rappelaient mes expériences à *Libération;* mais je n'étais guère devenu plus sage, bien que j'eusse un an de plus. J'insistai, je tâchai de convaincre Chabot que l'on persécutait son ami, son vieil Arthur, son camarade de résistance. Je croyais que la solidarité des demi-soldes jouerait une fois encore, et qu'il m'imposerait. Je me trompais complètement. Chabot avait horreur des complications et des scènes. Il avait abdiqué sa puissance entre les mains de Tréno et s'en trouvait à merveille, car il était paresseux. Je sentis même qu'il se repentait d'avoir engagé un raseur de mon acabit, dont les récriminations perpétuelles troublaient sa tranquillité.

Je n'avais pas plus de succès dans la salle de rédaction. Je me souviens en particulier d'un certain Albert-Jean ou André-Jean que Tréno chargea de m'apprendre à écrire, qui essaya de me mettre des clichés dans la tête et qui se dégoûta de moi parce que j'y étais réfractaire. Il y avait aussi un petit jeune homme aux manières de gouape que Tréno considérait comme un Mozart du journalisme. Celui-ci avait un souffre-douleur, pauvre fille assez sotte, mais parfaitement gentille, secrétaire de son état, qu'il injuriait cruellement et faisait pleurer plusieurs fois par jour. La malheureuse, qui nourrissait un mari et deux ou trois enfants avec son clavier, n'osait pas se rebeller ouvertement contre son bourreau, de peur de perdre sa place. Ce spectacle m'indignait et je pris plusieurs fois sa défense, ce qui fut rapporté à Tréno et n'améliora pas mes affaires. J'ai gardé encore un joli souvenir de la chroniqueuse judiciaire du *Franc-Tireur*, terrible personne au teint ocre et consumé, à l'œil de feu, au cheveu frisé comme de la paille de fer, qui regrettait dans ses articles que les cours de justice fussent trop douces et réclamait du sang.

Mon espoir de me faire une situation au *Franc-Tireur* fondit définitivement au bout d'un mois ou six semaines. Comme ma copie restait sur le marbre, je cessai d'en écrire et de mendier des bouts de colonne dans le journal. Il me revient un détail : on ne m'avait point assigné de table dans la salle de rédaction. Lorsque j'avais par extraordinaire quelque entrefilet à trousser, je me perchais où je pouvais ; j'étais délogé deux ou trois fois dans la soirée. La main de Tréno était naturellement derrière ces vexations. Sachant dès la première minute qu'il s'arrangerait pour me faire chasser tôt ou tard, il avait soigneusement commandé que l'on prît à peine garde à mon existence. J'étais une fumée, un éphémère. Fichu Chabot, avec ses charités intempestives ! Devant tant d'hostilité, j'eus une velléité d'honneur : pendant quelques jours je caressai le projet de jeter fièrement ma démission sur le bureau de Tréno, puis le bon sens l'emporta. « Bah ! me dis-je, les choses dureront ce qu'elles pourront. Profitons-en le plus possible, jusqu'à ce qu'on me mette à la porte. Si je m'en vais de mon propre chef, je n'aurai pas d'indemnité. Après tout je suis payé à ne rien faire, ce qui n'est pas si désagréable. » Je me replongeai dans la rédaction du *Complexe de César,* dans quoi je retrouvai la sérénité, et, par une sorte d'ardeur compensatrice, je le terminai. Comme il fallait malgré tout faire de la présence, j'apportais mon manuscrit au journal, le soir. Je travaillais au milieu du brouhaha des conversations et du crépitement des machines à écrire, qui ne me gênaient nullement. L'infortunée dactylo que je protégeais, et qui m'en avait de la reconnaissance, retapait proprement mes griffonnages. Quelquefois je lui dictais, procédé littéraire pour lequel j'ai toujours eu de l'inclination. A la longue, je dénichai une amie, en la personne de la chroniqueuse de mode, Mlle Pierrot, à laquelle je montrai quelques pages de mon ouvrage et qui m'encouragea. Cette situation, comme on pense, ne pouvait durer. On y mit fin plus tôt que je n'avais prévu. Trois mois après mon entrée au *Franc-Tireur,* Chabot et Tréno me convoquèrent et me confièrent avec mélancolie que le journal passait par une période financière très difficile, que la vie était bien dure pour la presse indépendante, et que l'on était dans l'affreuse nécessité de pratiquer des « compressions de personnel ». Je me rappelle parfaitement cette formule, que je ne me privai pas de citer par la suite, quand il m'arrivait de raconter ma vie. Tréno me fit remarquer, avec son air embarrassé et craintif, que j'écrivais vraiment très peu dans le journal. Je crois que je ne saisis pas sur le moment tout le sel de ce propos. Bref, on me démontra que j'étais inutile et qu'il était normal que je fusse l'un des premiers sur qui tombât la hache. On me laissa entendre, pour adoucir mon épreuve, qu'il y aurait bientôt d'autres exécutions. Il n'y en eut pas. Chabot était quand même embêté. Il me proposa timidement de me recommander auprès de la direction du journal *Combat*, mais j'étais un peu fatigué du journalisme. Je le remerciai sèchement de son obligeance et je lui demandai mon indemnité de licenciement, laquelle se montait à un mois supplémentaire, en sus du mois en cours, une semaine de vacances et trois douzièmes de mois double. Comme j'avais à peine touché à mon argent de *L'Aurore*, je me disais qu'en y ajoutant cet argent-là je pourrais tenir jusqu'à la publication du *Complexe de César*. Et puis, selon le mot de Napoléon, alors comme alors ! Quelque temps après mon renvoi, Chabot apprit, j'ignore comment, que j'avais deux enfants, et il eut quelque remords d'avoir réduit un père de famille au chômage : cela n'allait pas avec l'éthique ou plutôt la sensiblerie de la gauche.

D'après la chronologie, j'ai dû me retrouver sur le pavé le 1er février 1946. Cette fois, je ne savais plus à quel saint me vouer. J'avais pour tout bagage le manuscrit du *Complexe de César* que je ne savais où porter, car je ne connaissais aucun éditeur, étant dans ce domaine-là aussi novice que dans les autres. Je tins avec Camille un conseil de guerre. Pour ma part, j'étais prêt à aller mendier une nouvelle place n'importe où et j'avais déjà dressé une liste d'employeurs éventuels à relancer. Ma femme s'y opposa. Elle me dit que j'étais un artiste, que ces misères étaient indignes de moi, qu'il me fallait des loisirs et de la tranquillité pour écrire les beaux livres qui dormaient dans mon cœur. Je ne pouvais éternellement sacrifier mon talent à de déshonorantes besognes alimentaires. C'était elle, en m'épousant et en me chargeant de deux moutards, qui m'avait acculé à ces tracas si contraires à mon tempérament. « Je veux que tu aies enfin ta chance, mon chat, ajouta-t-elle. Pendant six mois tu ne feras rien d'autre que d'écrire. C'est moi qui gagnerai notre vie. » Cette proposition si généreuse m'effraya plus qu'elle ne me plut. Je disputai un peu, et me laissai convaincre, plutôt par dégoût de chercher encore du travail que par plaisir de me livrer à la seule occupation que j'aimais. En effet, je redoutais les caprices de l'inspiration. Il se pouvait bien que pendant ces six mois probatoires je n'écrivisse pas une ligne. Je sentais que j'avais besoin des contraintes et des minuties d'une existence laborieuse, à la fois comme excuse de ne point écrire et comme aliment de l'esprit, lequel est assez vide quand on a vingt-six ans. Lorsque je regardais en moi, je n'y voyais pas grand-chose. Il me semblait que j'étais un arbre, qui donne ses fruits à la saison, mais impossible à hâter. Arbre tardif, par surcroît, qui n'avait jusqu'à présent produit qu'une fois. La prochaine cueillette ne se ferait peut-être pas avant deux ou trois ans. La perspective de rester toute la journée rue Daubigny devant une feuille de papier blanc, réduit à mes seules ressources, me glaçait. Mais comment faire comprendre ces choses scandaleuses, et que je ne distinguais pas très bien moi-même, à un être qui se sacrifiait avec tant de magnanimité ? Camille était toute joyeuse. Je l'étais moins. Pour elle l'affaire était simple : elle me faisait en quelque sorte un cadeau, qu'elle payait de six mois de ses forces et dont j'allais, croyait-elle, profiter à fond. Je ne pouvais m'empêcher de songer que c'était un cadeau inutile.

Néanmoins, je me mis bravement à l'ouvrage. Je revois le salon de la rue Daubigny où j'avais installé mon bureau. J'avais accroché au plafond un lustre en cristal. La pièce avait deux fenêtres sur rue. Mon bureau était devant l'une de ces fenêtres. Derrière moi, dans l'espace entre le mur et la cheminée, j'avais disposé des planches pour ranger mes livres. Il y avait un tapis persan par terre, que Camille avait apporté en dot. Le reste de l'ameublement se composait des deux fauteuils et du canapé Directoire que j'avais achetés aux Puces. Le bois de ces sièges était noir de crasse. Ils étaient recouverts d'un vieil ottoman rougeâtre fort crasseux aussi. L'un des fauteuils était défoncé et l'on voyait les ressorts par-dessous. Tout cela, à dix-huit ans de distance, me paraît bien misérable, mais j'en étais fort content, à l'époque. C'était des objets que j'aimais ; un cadre où je me trouvais à l'aise, pauvre mais point laid.

Les premières semaines furent cruelles. J'étais tout désorienté de n'avoir plus de bureau où me rendre, plus d'obligations, plus d'heures de travail. Le monde s'était retiré de moi, qui n'avais pas trop envie de me retirer du monde. Le matin et l'après-midi, je n'avais rien d'autre à faire qu'à m'asseoir à ma table et à écrire. Tous les obstacles entre moi et ma vocation avaient été abolis. Affreuse situation ! Je soupçonnais que j'étais trop jeune pour profiter de ce bonheur, mais je n'en convenais pas, par vanité ou par présomption. En outre, je me considérais comme engagé moralement avec Camille. Nous avions passé un contrat tous les deux et, dans ce contrat-là, c'est moi qui avais la part la plus belle. Je ne pouvais faire moins, sous peine de déshonneur, que d'écrire un livre. N'importe lequel.

Coûte que coûte. Camille avait droit à ce livre. Elle l'avait acheté. Je pensais très sincèrement que je n'avais qu'à me forcer. Je me référais à Pascal, qui soutient qu'il faut s'agenouiller, et que la prière vient ensuite. Je m'attablais donc, en me disant qu'à force de regarder mon papier quelques mots finiraient bien par y tomber. Bien que j'eusse déjà composé un livre, je n'avais aucune expérience de l'écriture. J'en étais encore à prendre au sérieux les idées des professeurs ou des critiques sur la pratique de l'art. Je croyais qu'il fallait avant tout établir un plan détaillé, dresser la liste de mes personnages, esquisser le caractère de chacun de ceux-ci, accumuler les fiches, noter beaucoup de petites pensées sur beaucoup de petits papiers. Après quoi, cela va tout seul : on met de la chair autour de ces os, et un beau jour le roman est fini. Il a trois cent cinquante pages ; l'artisan a bien travaillé ; les opérations se sont déroulées selon ses volontés et dans le temps qu'il avait prévu. J'imaginais ma vie entière s'écoulant de la sorte. J'écrirais trois ou quatre volumes par an. « A trente ans, supputais-je, j'aurais dix bouquins derrière moi. »

Je tenais mon sujet ; je voulais peindre sous forme de roman un grand tableau de la débâcle de 1940. Mon héros était un charmant jeune homme qui me ressemblait comme un frère et passerait par des aventures semblables aux miennes. Il serait brave comme un lion, intelligent comme un singe, délicat comme un marquis, énergique comme un sans-culotte et il professerait des idées de gauche. Séduisant avec ça, et collectionnant les maîtresses. Le ferais-je mourir ou non à la fin ? J'inclinais fort vers un dénouement terrible : c'est plus chic. Le monde ébloui découvrirait que Stendhal et Dostoïevski avaient un successeur. C'étaient là, en effet, mes deux modèles. Pour commencer j'achetai une chemise en carton bleu pâle chez le papetier, sur laquelle je calligraphiai le titre de mon œuvre : « Classe 40 ».

La seule chose à quoi je n'avais pas songé, c'est que je n'étais pas un fabricant de littérature et que ce vain travail commencé raisonnablement — c'est-à-dire en dépit du bon sens artistique — me causerait un insurmontable ennui. Je voulais honorer mon contrat ; je l'honorais en suant sang et eau. Je façonnais mes cinq ou six pages quotidiennes en m'arrêtant à toutes les lignes pour vérifier si je ne m'éloignais point de mon absurde canevas. Cela m'assommait à peu près autant que si j'avais employé mon temps à résoudre des problèmes d'arithmétique. Je n'avais rien à mettre dans ces malheureuses pages. Mon esprit, qui avait été si vif et si jaillissant lorsque j'écrivais *Le Complexe de César,* était d'une aridité complète. Je me rendais compte que ce que j'extirpais de moi ne valait pas grand-chose, mais je ne l'admettais pas. Ma raison, ma volonté, mon honneur, mon serment me ligotaient. Je devais aller au bout de mon entreprise. Et qui sait ? Quand j'aurais écrit une cinquantaine de pages, peut-être un miracle se produirait-il ? Tout s'illuminerait d'un coup, ma plume libérée courrait la poste, je ressentirais de nouveau l'allégresse, la puissance, la lucidité de l'artiste heureux, qui ne perd jamais un instant de vue, dans quelque détail qu'il s'amuse à descendre, la figure générale de son œuvre. Chaque soir, quand Camille, fatiguée, rentrait de Reuter, j'estimais de mon devoir de lui montrer mon pensum du jour. Elle voyait comme moi que c'était mauvais, mais elle m'encourageait. Nous nous enfoncions ainsi tous les deux dans le malentendu, chacun se sacrifiant à l'autre pour rien.

J'ai bien dû pousser « Classe 40 » jusqu'à la page 60

ou 70. Certains jours, avec l'approbation de mon mécène, je m'interrompais pour « réfléchir », c'est-à-dire pour tâcher d'embrasser dans sa totalité une œuvre qui m'échappait par tous les bouts et dans laquelle, en dépit de mes plans (ou plutôt à cause d'eux), j'avançais à tâtons. Je ne parvenais pas à comprendre comment, ayant tout éclairé et tout balisé à l'avance, je me mouvais dans les ténèbres. Rien de ce livre ne vivait en moi. Les personnages étaient plats comme des feuilles de papier ; les événements n'avaient pas de couleur ; les idées elles-mêmes, qui me paraissaient si originales du temps que je les notais en style télégraphique sur des cartes de visite, développées, devenaient des lieux communs. Je considérais le travail immense que j'avais accompli et j'en tirais un motif supplémentaire de m'acharner. Il n'était pas possible que tant d'efforts et tant d'heures fussent à jamais perdus. J'aurais sombré tout à fait dans le désespoir si je n'avais été obligé chaque matin d'aller faire les courses. C'était mon plaisir de la journée. Je restais aussi longtemps que je pouvais chez le fruitier, le boulanger, le charcutier, le boucher, blaguant avec eux et avec les bonniches du quartier qui admiraient qu'un beau monsieur comme moi fût si peu fier. Je m'ingéniais à trouver d'autres menues tâches domestiques, vers lesquelles je volais avec ivresse.

En fait, avec ces plans que je fignolais, ces esquisses, ces brouillons, ces barbouillages, au profit desquels j'interrompais ma rédaction, je tâchais de m'étourdir. C'était des prétextes pour retarder le moment de me remettre à l'œuvre. Autrement dit, je me réfugiais dans la rêverie, ce qui est la marque de la stérilité. Il n'y a qu'une manière de créer, c'est de se jeter avec impétuosité dans sa création, non pas tout à fait les yeux fermés, mais à peine ouverts. Il ne faut surtout pas voir loin devant soi, sinon la longueur du chemin à parcourir vous décourage. L'artiste est un myope, contrairement à ce que croient les professeurs, mais un myope curieux et intrépide qui n'aperçoit les gouffres que lorsqu'il est au fond. Le seul malheur qui puisse lui arriver, c'est de guérir de sa myopie. Une œuvre d'art ne commence point par une décision de l'intellect, mais par un mouvement de la volonté, par un acte qui modifie le monde en lui ajoutant une idée, un sentiment, une couleur, une mélodie inexplicables. La pensée vient ensuite pour ordonner et exploiter. J'ignorais cela, à vingt-six ans, bien entendu, mais je le soupçonnais un peu quand même. Avec « Classe 40 », je sentais que j'étais mal parti. J'avais beau m'entêter par point d'honneur, déployer une volonté inexorable, me martyriser, j'entendais au fond de moi une voix qui me disait que je perdais mon temps. Le singulier, c'est que je n'en étais nullement désolé. Vexé tout au plus. Ma vanité souffrait de ce que, ayant décidé froidement que j'allais confectionner un livre, j'en fusse incapable. Cela me semblait accablant pour mon caractère. La voix intérieure ne me donnait aucune explication de mon échec ; elle n'en était pas moins persuasive, voire réconfortante à sa façon. Elle ne m'indiquait pas la direction où je trouverais des œuvres, mais celle où il n'y en avait pas. C'était toujours quelque chose. Je luttai plusieurs jours contre moi, contre la nature, contre l'art, avec une obstination de mulet, jusqu'à ce que je cédasse à l'instinct, non sans honte ni soulagement. Comment diable expliquerais-je ce désastre à Camille, quand moi-même je n'y comprenais presque rien ? Lorsqu'elle rentrait le soir et qu'elle me demandait des nouvelles du manuscrit, je lui racontais des mensonges : que je continuais à « réfléchir », que je creusais un certain coin du plan qui ne me satisfaisait pas, que j'étudiais telle réaction de tel personnage, que j'avais besoin de recul, et autres fariboles qu'elle écoutait respectueusement. J'étais dans la situation d'un employé qui n'ose pas avouer à sa femme qu'on l'a congédié et traîne toute la journée par les rues pour faire croire qu'il travaille comme à l'accoutumée. L'idée de la déception de Camille quand elle apprendrait que son dévouement n'avait servi à rien me navrait. Pourquoi n'étais-je pas fait comme les autres ? Pourquoi étais-je si difficile à remuer, si incompréhensible ? Je me regardais avec une sorte de haine, comme on regarde un obstacle naturel qui s'oppose à votre volonté de toute son inertie. Ma raison était furieuse de cette résistance que je sentais en moi-même contre moi, et que je ne pouvais absolument pas vaincre. J'étais habité par un inconnu inflexible, une espèce d'homme de fer ou de pierre qui me forçait à agir selon des principes que j'ignorais, qui me paralysait quand j'aurais voulu marcher. L'enluminure familière représente les anges gardiens sous les traits de longues jeunes filles ailées, au visage résigné et à la larme facile. Moi qui ai passé dix ou quinze années à me battre contre mon ange gardien, je garantis que rien n'est plus faux que cette image. L'ange gardien est un maître sans pitié qui vous impose votre vérité par la violence en humiliant votre raison continuellement ; il ne daigne jamais s'expliquer ; il ne tient aucun compte de vos sentiments, de vos espoirs, de votre philosophie ; il ignore les ménagements humanitaires ; il n'hésite pas à vous plonger dans l'infortune. Son seul but est de vous conduire brutalement vers votre âme, si loin soit-elle, et si cachée. Non seulement je n'ai à peu près jamais fait ce que je voulais depuis l'âge d'homme, mais encore je n'ai à peu près jamais écrit ce que je voulais. Mon ange gardien, que j'ai maudit mille fois, m'a contraint sans cesse, à sa manière obscure et cruelle, de préserver ma vocation d'artiste en ne me faisant rencontrer que des échecs dans tous les autres domaines, en me mesurant chichement ma pitance pendant dix ans, en m'empêchant d'écrire les livres qui m'auraient amusé ou qui m'auraient rendu riche. Il faut beaucoup de temps pour apprécier ces sortes d'amis, qui connaissent mieux votre destin que vous ne le connaissez vous-même.

L'une des caractéristiques de ma vie, c'est que j'ai toujours accompli négligemment les démarches importantes, alors que je suis assez méticuleux dans les petites choses. Cela tient à l'indifférence que j'ai à l'égard de l'action et à l'ennui que m'inspire toute espèce d'arrangement matériel. Je suis incapable de machiner une réussite en mettant, comme on dit, les chances de mon côté par de soigneuses et prudentes préparations. Ma raison sent l'efficacité de ces moyens politiques, elle m'exhorte à les employer, mais là encore je me heurte à un veto intérieur contre lequel je ne puis aller. Quand par hasard j'ai tant fait que d'agencer une intrigue un peu sérieuse, qui doit me rapporter de l'honneur ou du profit, je l'abandonne à moitié chemin, je bâcle tout pour en finir au plus vite, et l'affaire manque, naturellement. Un écrivain soucieux de sa gloire se fût documenté sur les éditeurs parisiens avant de leur porter son premier livre. Il eût été s'agenouiller dans quelques chapelles littéraires. Il se fût inquiété des lieux où l'on professait des esthétiques proches de la sienne. Je ne fis rien de semblable. *Le Complexe de César* était prêt ; je n'avais qu'un désir : le voir paraître afin d'en être débarrassé. L'orgueil aussi me poussait : je pensais que ce chef-d'œuvre, sous quelque couverture qu'on le publiât, ne passerait pas inaperçu. Enfin, à part trois ou quatre auteurs célèbres, je ne connaissais rien de la littérature contemporaine, des mouvements de pensée, des philosophies à la mode. Mes maîtres en poésie étaient Mallarmé et Apollinaire ; dans le roman, Stendhal et Proust. Cette ignorance des idées modernes, cette incuriosité des tendances éphémères ont été l'un des bonheurs de ma jeunesse. A un âge où les artistes se laissent volontiers captiver par les toquades de leur temps, j'étais plongé dans les classiques, je lisais avec ardeur les écrivains morts de toutes les littératures, bref, je me donnais cette science que, selon Balzac, il faut acquérir tout seul entre quinze et vingt-cinq ans si l'on veut avoir le goût sûr et l'esprit solide. Le panorama parisien de 1946 m'était aussi inconnu que si j'avais été un jeune provincial de 1820. Je n'en savais pas plus que Lucien de Rubempré débarquant d'Angoulême, à la différence que j'étais bien moins dégourdi que lui, bien moins souple, ayant plutôt l'âme sérieuse et chimérique de David Séchard, personnage qui m'a fait souvent penser à moi-même, d'ailleurs. Il y avait, parmi mes connaissances, le romancier Georges Magnane. Je lui demandai à ma façon nonchalante et détournée le nom d'un éditeur. Il m'indiqua Robert Laffont, qui était jeune et plein d'excellents projets. « C'est tout à fait un garçon pour vous », ajouta-t-il, sans savoir du tout qui j'étais. Ce conseil me soulagea bien. Le lendemain, je portai *Le Complexe de César* à Laffont, dont les bureaux occupaient trois pièces avenue du Maine. C'est avec cette légèreté que je décide ordinairement de mon sort. Je confiai mon manuscrit à je ne sais qui et je rentrai chez moi m'échiner sur « Classe 40 ». Comme je n'avais guère d'imagination et que mon caractère était plutôt tourné vers le pessimisme, je ne ressentais aucune exaltation. Au contraire, je pensais que l'on refuserait mon livre, premièrement parce qu'il était bon, et qu'il est de tradition que les grands hommes soient incompris ; deuxièmement parce qu'il me semblait peu probable, vu la guigne qui me poursuivait, que je fusse heureux cette fois-ci. Ce qui m'ennuyait le plus, c'était l'idée d'avoir à chercher un autre éditeur.

Les éditions Robert Laffont entrèrent dans ma vie vers le mois de février, si je ne me trompe, donc quatre ou cinq semaines après mon renvoi du *Franc-Tireur*. En effet, ce fut bien par un temps de février que je tentai mon expédition avenue du Maine ; il faisait froid et sombre ; c'était l'après-midi ; la nuit était déjà tombée. Une ampoule électrique assez faible éclairait la pièce chaude et triste où une dactylo me reçut. Je me vois, assis sur une chaise, le pardessus déboutonné, fort à l'aise avec cette inconnue dont les traits se sont effacés. Je me vois dans la rue, l'entrevue finie. Je suis long et maigre. J'ai les mains dans les poches, le col relevé, la pipe aux dents, le chapeau enfoncé sur la tête et coquettement cabossé. La vraie dégaine du demi-solde ! Je marche à grandes enjambées. La mode était alors aux longs manteaux ; le mien, lourd et noirâtre, me battait les chevilles. Je jette des regards provocants de droite et de gauche, comme un sabreur en quête d'une querelle. Il ne manque à ma silhouette, pour qu'elle soit digne du crayon de Bertall ou de Charlet, qu'un gourdin à dragonne de cuir. L'avenue du Maine est luisante, avec des plaques de neige sale, sous la clarté jaune des réverbères. Il me semble que je suis plein de gaieté, mais cela ne signifie rien, car la gaieté, en ce temps-là, constituait mon état habituel. Chaque geste de la vie, et le plus insignifiant, me faisait plaisir.

A force d'avoir été malmené par la société depuis un an et demi, j'étais devenu modeste. Non que j'eusse cessé de croire en moi, mais je n'attendais plus rien de l'extérieur. Je m'étais enfin persuadé que je ne méritais rien puisque je ne recevais jamais rien. Ce sont là d'excellentes dispositions pour accueillir le bonheur, lequel vient souvent lorsqu'on a pris son parti de se passer de lui. Après avoir remis *Le Complexe de César* à l'employée de Laffont, je crois bien que je l'oubliai. Quelques jours plus tard, je goûtai inopinément et avec d'autant plus d'acuité le premier plaisir de ma carrière littéraire. Le téléphone sonna ; un homme que je ne connaissais pas, et qui me dit se nommer Louis-René des Forêts, me fit des compliments auxquels je commençai par n'entendre goutte. Soudain je compris, comme je l'avais compris lorsque M. Lazurick m'avait offert vingt mille francs par mois, que la roue de la fortune venait d'accomplir une seconde révolution. Des Forêts, je m'en souviens, parlait lentement, d'une voix grave et triste qui contrastait curieusement avec les choses enivrantes qu'il disait. Il se taisait de temps à autre, et un silence lugubre s'établissait entre lui et moi. J'appris qu'il était lecteur chez Laffont, qu'on lui avait soumis mon manuscrit, qu'il n'avait pu s'empêcher de me téléphoner après l'avoir lu d'une traite, etc. A mesure que ces paroles tombaient sur mon esprit incrédule, je sentais un grand mouvement de joie qui m'enveloppait. Cela partait des chevilles, s'enroulait autour de mes mollets, allait s'alanguir dans mes bras et, comme le flux sanguin, remontait jusqu'au cœur. Je n'ai pas gardé, comme on pense, un souvenir précis des louanges de des Forêts ; je me rappelle seulement qu'elles dépassaient de loin tout ce que j'avais pu rêver dans ce genre. La voix morne et brève de mon interlocuteur, lequel était tout le contraire d'un Méridional expansif, augmentait encore leur poids. J'étais suffoqué, je n'en croyais pas mes oreilles, mais pour ces choses-là la conviction vient vite ! Lorsque je raccrochai, ma modestie avait si complètement disparu que je me demandais comment j'avais pu douter de moi et du monde si longtemps. L'orgueil, l'assurance, la foi dans mon étoile, la conscience de ma valeur reprirent en force possession de mon âme. J'étais si joyeux que je n'eus même pas une pensée reconnaissante pour ce bon des Forêts qui s'était donné la peine de chercher mon numéro de téléphone afin de m'avertir sans tarder, moi inconnu, qu'on allait me publier, qu'il s'en portait garant, et que je serais célèbre. Que dis-je, cet appel téléphonique me sembla tout naturel : ce n'est pas tous les jours qu'on tombe sur un phénix de ma sorte ! J'ai toujours été fort sensible au caractère fatal des événements. Alors que les derniers mots de des Forêts étaient encore dans ma tête, je pensais que rien au monde à présent ne pouvait faire que notre conversation n'ait eu lieu, et que mon destin, à partir de ce moment, n'en fût changé. Je n'étais plus le même homme que tout à l'heure. Chose étrange, il me semblait que j'avais rajeuni. Tout à coup, je n'avais plus vingt-six ans, et tout un fourbi de souvenirs de guerre et de misère, mais vingt ans. Je débutais dans la vie. Ce qui avait rempli mon temps depuis ma majorité était aboli. Je me retrouvais au point où je m'étais laissé lorsque les aventures m'avaient pris. Mes espoirs d'enfance et d'adolescence, le destin d'artiste auquel je rêvais jadis, l'existence calme et réglée grâce à laquelle on entasse les œuvres les unes sur les autres, tout cela me parut soudain à portée de la main.

Rien n'est doux comme de réintégrer son âme, même si l'on ne savait pas qu'on l'avait abandonnée. Le soir où des Forêts me téléphona, je réintégrai la mienne, dont je m'étais fort éloigné. Cela, qui me paraît très clair aujourd'hui, et que je raconte sans peine, se fit dans l'obscurité complète. J'ignorais le vrai motif de ma joie. Moi qui me piquais de lucidité et qui pratiquais l'introspection avec frénésie, je ne voyais jamais l'essentiel. C'est parce que j'étais trop jeune, probablement, et trop orgueilleux de ma raison. Mon regard intérieur ne perçait pas la zone d'ombre au-delà de laquelle est enfouie la vérité de l'être. La raison, la volonté, les désirs, les ambitions sont des bals masqués. La véritable histoire d'un homme n'est peut-être dans aucun des événements de sa vie. Je crois sincèrement que beaucoup d'hommes, en cinquante ou quatre-vingts ans, n'ont pas rencontré leur âme plus de trois ou quatre fois, et qu'ils ont éprouvé à chacune de ces entrevues un mélange de bonheur et d'effroi qui les a fait fuir. Moi-même, j'ai souvent détourné les yeux de ce moi qui n'était pas celui que j'aurais voulu. J'ai tâché de le tuer. A la longue, c'est lui qui a tué tout ce que je n'étais pas.

Mon petit livre est fini, sans doute. Il me semble que, pour fêter l'enterrement de ma vie de demi-solde, j'emmenai ma femme dîner dans un bistrot du boulevard Malesherbes que nous avions surnommé dans notre jargon « le Télégramme chanté ». Tel que je me connais, je dus commander de l'andouillette ou de la tête de veau.

La Pinsette.
Juin-septembre 1964.

DU MÊME AUTEUR

Aux Éditions Gallimard

L'ARBRE, *théâtre.*

UNE TÊTE DE CHIEN, *roman.*

AU BON BEURRE, *scènes de la vie sous l'occupation, roman.*

DOUCIN, *roman.*

LES TAXIS DE LA MARNE, *essai.*

LE FOND ET LA FORME, I, II et III, *essai alphabétique sur la morale et le style.*

L'ÂME SENSIBLE, *roman.*

LES DUPES, *nouvelles.*

LES HORREURS DE L'AMOUR, *roman.*

LA FIN DES PEAUX-ROUGES, *moralités.*

2024, *roman.*

LE COMPLEXE DE CÉSAR, *essai.*

LE DÉJEUNER DU LUNDI, *roman.*

Aux Éditions Flammarion

PLUCHE OU L'AMOUR DE L'ART, *roman.*

L'ÉCOLE DES JOCRISSES, *essai.*

LE CRÉPUSCULE DES LOUPS, *moralités.*

LE PARADOXE DU CRITIQUE, *essai.*

LE PARADOXE DU CRITIQUE suivi de SEPT MAISONS, *critique dramatique.*

LE PRINTEMPS DE LA VIE, *roman.*

CARNET D'UN ÉMIGRÉ.

CINQ ANS CHEZ LES SAUVAGES, *essai.*

ŒUVRES COMPLÈTES, I.

LE BONHEUR ET AUTRES IDÉES, *essai.*

DISCOURS DE RÉCEPTION À L'ACADÉMIE FRANÇAISE.

MÉMOIRES DE MARY WATSON, *roman.*

UN AMI QUI VOUS VEUT DU BIEN.

DE LA FRANCE CONSIDÉRÉE COMME UNE MALADIE.

HENRI ou L'ÉDUCATION NATIONALE, *roman.*

Aux Éditions des Granges-vieilles

GALÈRE, *poèmes.*

Aux Éditions Julliard

PETIT JOURNAL, 1965-1966.

MASCAREIGNE, *roman.*

Aux Éditions du Mercure de France

RIVAROL, *essai et choix de textes.*

Aux Éditions Robert Laffont

LE PETIT DON JUAN, *traité de la séduction.*

Aux Éditions S.P.L.

LES MATINÉES DE CHAILLOT, *essai.*

Aux Éditions Stock

LES CHOSES COMME ELLES SONT, *entretiens.*

Impression Bussière à Saint-Amand (Cher),
le 24 août 1983.
Dépôt légal : août 1983.
Numéro d'imprimeur : 2502.
ISBN 2-07-037488-2 imprimé en France